Konstanz am Meer

ZWEI SPIELORTE

Tribüne
Wirtshaus

PERSONEN

Hintz
Kuntz
Martha Haefelin, *Wirtin*
Berta, *ihre Tochter*
Selma, *Kellnerin und Hübschlerin*
Trinker Franz
Fremder

König Sigismund
Cilli, *seine Frau*
Papst Johannes XXIII.
Friedel mit dem leeren Beutel

Italien
England
Frankreich
Deutschland

Ein paar Trompeter

1. Szene

Tribüne
Hintz, Kuntz
Die beiden stehen schon die ganze Zeit stumm da mit einem Baldachin

HINTZ Das hast du vorher auch schon gesagt.
KUNTZ Ich hab doch gar nichts gesagt.
HINTZ Das hast du vorher auch schon gesagt.
Stille
KUNTZ Acht Stunden! Denk dran:
Die sehen uns als erstes!
HINTZ Hast du vorher auch schon gesagt.
KUNTZ Bei Nacht ist alles noch langsamer.
Vor allem die Zeit.
In der Nacht ist die Zeit noch weniger als Zeit.
Das sag ich dir.
HINTZ Und wenn's kalt ist, ist's noch kälter in der Nacht, als wenn es nicht Nacht ist.
KUNTZ Und wenn man wartet, wartet man noch länger. Wenn man nichts sieht außer die Nacht, dann …
HINTZ Das hast du alles vorher auch schon gesagt.
KUNTZ *bezogen auf den Baldachin*
Du musst höher halten.
HINTZ Die sind doch noch gar nicht da.

KUNTZ Aber dann …

HINTZ Dann haben wir keine Kraft mehr.

KUNTZ Höher, Hintz, höher!

Stille

Die sehen uns hier als erstes stehen.

Wir zwei zuerst!

Was denkst du, was das für ein Bild abgibt.

Und was das für einen Eindruckt macht.

Wenn wir hier stehen und halten.

Und das als Erstes.

HINTZ Das hast du vorher auch schon gesagt.

KUNTZ Das werden die nicht so schnell vergessen.

Stille

Acht Stunden! Was meinst du, was das für einen Eindruck macht!

HINTZ Seit Stunden sagst du: acht Stunden.

Kein Mensch sieht uns, und schon gar nicht, dass wir hier schon seit acht Stunden so …

KUNTZ Was meinst du, was das für einen Eindruck macht, wenn die sehen, wie wir hier den Schirm halten!

Kuntz und Hintz, wird es heißen, halten schützend ihren Schirm übers Konzil. Kuntz und Hintz sind die Schirmherren des Konzils.

HINTZ Acht Stunden

KUNTZ Red nicht so viel.

HINTZ Ich kann nicht mehr.

KUNTZ Wenn der König kommt …

HINTZ Wenn der König kommt!?

Das Pulver ist verschossen.

Verschossen seit Stunden. Bloß weil immer so ein Depp im Nebel einen Nebel sieht, den er für ein Schiff hält.

Schreit »Der König! Der König!«

Und schon macht's wieder bumm, und wieder ist eine Kanone verschossen, und dann schreit wieder einer: »Der König, der König!«, und sieht nichts als Nebel, und wieder macht's bumm, und wieder ist eine Kanone verschossen, und so geht das die ganze Nacht: »Der König, der König!«, und noch eine Kanone, und jetzt haben sie keine mehr, nur weil einer immer durch Nacht und Nebel »Der König, der König!« schreit.

KUNTZ Nicht so laut, sonst weckst du noch alle auf.

Und am Schluss steht hier ganz Konstanz da.

Da sieht dann keiner mehr, dass wir seit …

HINTZ … acht Stunden!

KUNTZ Höher, Hintz, höher!

Stille

Da werden sie uns stehen sehen, und später spielen wir denen unser Stück.

HINTZ Wenn sie's dann noch sehen wollen.

KUNTZ Die sehen das, auch wenn sie's nicht sehen wollen. Da kommen die gar nicht dran vorbei, weil das alles dazugehört, Hintz. Weil die gar nicht anders können, als sich über so ein Stück freuen. Ein Stück über einen Schauspieler, der einen Schauspieler spielt, der während des Spielens ein Christ wird. Du spielst den Schauspieler, Hintz.

HINTZ Am Ende hat der keinen Kopf mehr.

KUNTZ Und ich spiel den Tyrannen. »Die Bekehrung des Heiligen Genesius«.

HINTZ Am Ende kommen die doch nicht.
Vor lauter Nebel sieht man ja nichts.
Nacht und Nebel zusammen, da sieht man bloß Gespenster. Drum haben die ihr Pulver längst verschossen.

KUNTZ Höher, Hintz, höher!

HINTZ Vielleicht liegt das Schiff längst auf dem Grund. Versunken zwischen Überlingen und der Mainau. Liegt zwischen Scheiße, Schilf und fauligen Fischen. Und morgen schwemmt's den König hier als Leich ans Land.

KUNTZ Höher, Hintz, höher!

HINTZ Und dann können die alle wieder heimgehen. Und wir auch. Und kein König war da, und der Papst kann auch wieder heimgehen, und keiner hat unser Stück gesehen, »Die Bekehrung des Heiligen Genesius«, und die Berta kriegt wieder keinen Grafen aus Venezien, und

Frau Marthas Beutel bleibt wieder leer, und ihre Schiffe fahren auch nicht über den Bodensee in die ganze Welt hinaus, und auch keine Straße heißt dann nach ihr Martha-Haefelin-Straße, und die Selma kriegt wieder keinen Weinberg, der von der Birnau bis Bregenz hinab geht, und das Wirtshaus bleibt Wirtshaus, als hätt's da nie ein Konzil gegeben.
Ich kann nicht mehr.

KUNTZ Denk immer dran, dass die uns als erstes sehen: Kuntz und Hintz!

HINTZ Ja wenn ... wenn ... wenn die überhaupt kommen. Sonst stehen wir hier umsonst. Für nichts. Acht Stunden umsonst, für nichts und wieder nichts. Und alles bleibt, wie es ist. Und dann heulen alle, weil alles umsonst war, viel Geschrei um Nichts. Nur für den Franz ändert sich nie nichts. Der sitzt, egal was passiert und was nicht, immer noch in seinem Eck, und je mehr er trinkt, desto besser versteht er die Welt.

KUNTZ Und du guckst wieder dumm auf den See raus das ganze Jahr.

HINTZ Das ist Arbeit, Kuntz, Arbeit! Da brauen sich bei mir Gedichte zusammen.

KUNTZ Nicht so hoch, Hintz, nicht so hoch!

HINTZ Da seh ich was, was andre nicht sehen.

KUNTZ Als möcht man das.

Stille

Da oben, Hintz, auf der Höri, auf dem Schiener Berg, da liegen die Knochen von dem, den du spielst. Da liegt der Schädel von dem, dem man den Kopf abgehauen hat. Und du spielst den.

HINTZ Die kommen heut nicht mehr.

Stille

Eines Tages, Kuntz, da bin ich soweit.

KUNTZ Wie weit?

HINTZ Da bin ich fertig. Mit meinem Gedicht für die Frau, die noch nicht weiß, dass sie einmal mit mir zusammen ist.

KUNTZ Als möcht man das.

HINTZ So ein Gedicht braucht Zeit.

KUNTZ Ich bin froh, dass all die Frauen, mit denen ich nicht zusammen bin, es auch nicht wissen.

HINTZ Braucht alles seine Zeit.

KUNTZ Musst nur lang genug auf den See hinaus gucken.

Stille

Du sollst nicht so hoch halten.

HINTZ *schreit* »Der König, der König!«

KUNTZ Sei still! Du weckst ja alle auf.

Wenn alles vorbei ist, Hintz, dann nimmt der mich mit.

HINTZ Wer?

KUNTZ Der König! Da geh ich mit dem König nach Böhmen ans Meer.

HINTZ Da gibt's kein Meer, Kuntz.

KUNTZ Das wirst du schon noch sehen.

HINTZ Der sieht dich gar nicht, der König. Für den bist du Nebel.

KUNTZ Menschenkenntnis, Hintz, ich sag nur: Menschenkenntnis!
Wer Menschenkenntnis hat, der braucht nichts andres mehr. So einen braucht man überall. Und Menschenkenntnis sieht dir jeder an.
Du, Hintz, bist für was andres da. Du guckst dir Gedichte aus dem See über Frauen, die's nicht gibt und die nicht wissen, dass sie mit dir zusammen sind. So eine Arbeit hat nicht jeder. Und später, Hintz, kannst du dann mal sagen, dass du mich gekannt hast, den Kuntz, der mit dem König nach Böhmen ans Meer gegangen ist. Aber vorher spielst du noch den Schauspieler und ich den Tyrannen.

HINTZ Wenn ich dich einmal vergesse, Kuntz, das versprech ich dir, dann in bester Erinnerung.

KUNTZ Kann nicht jeder sagen.

HINTZ Da mach ich dann ein Gedicht auf das, was man vergessen hat:
Meine Erinnerungen hab ich vergessen,

Ich weiß schon nicht mehr, wie er hieß,
Nach Böhmen wollte er
Und ist mal neben mir gesessen.
Das war, als der Wind nordöstlich blies.

KUNTZ Böhmen am Meer!

HINTZ Da gibt's kein Meer.

KUNTZ Wirst du schon noch sehen.

HINTZ Der kommt nicht mehr.

Stille

KUNTZ Da kannst du noch so viel werden, Hintz, ohne Menschenkenntnis bist du gar nichts.

HINTZ Also du, Kuntz, bist der Kuntz und wirst immer der Kuntz bleiben, egal wie viel Menschenkenntnis du hast. Das versprech ich dir.

KUNTZ Versprich mir eins, Hintz.

HINTZ Was?

KUNTZ Mach nie ein Gedicht über mich.

HINTZ Die kommen heut nicht mehr. Stochern im Nebel herum. Drum ist der Papst aus Spanien gar nicht gekommen, und der aus Frankreich auch nicht. Und der aus Italien ist ein Pirat, sagen alle, die nicht aus Italien sind. Und jetzt stehen wir da und …

KUNTZ Höher, Hintz, höher!

HINTZ Hast du alles schon gesagt. Tausend Mal.

2. Szene

Wirtshaus
Martha Haefelin, Hintz, Kuntz, Franz, Selma, Berta, Fremder

MARTHA Die Martha-Haefelin-Straße! Weil es einmal eine Straße geben wird, die nach mir benannt ist, die Martha-Haefelin-Straße in Konstanz. Das werdet ihr schon noch sehen, falls ihr es noch sehen könnt. Wer ist das denn gewesen, wird man dann in zweihundert Jahren einmal fragen, die Martha Haefelin? Die kennst du nicht? Martha Haefelin! Die Frau mit der Flotte. Sieben Schiffe hat sie gehabt, am Ende seien es sogar dreizehn gewesen, dreizehn Schiffe, die Tag für Tag den Bodensee hinauf und hinab gefahren sind. Martha Haefelins Flotte. Die haben sogar Länder entdeckt! Martha Haefelin, wird man sagen, war eine Weltvergrößerin, eine Welterweiterin sei die gewesen. Irgendwann einmal geboren in so einem engen kleinen Gassendunkel in Konstanz. Aber immer hat ihr schon das Licht vom See, dieses Glitzern, dieses Wasserflimmern, das hat ihr schon als kleines Kind immer so ein Gefühl gegeben, dass es da noch ein Drüberhinaus geben muss, ein Jenseits des Säntis. Wer am See geboren ist, den treibt's zu mehr.

Damals, als die Stadt aus allen Nähten platzte …

TRINKER Das war, als der Wind nordöstlich blies

MARTHA … da hat die Martha Haefelin …

KUNTZ Wirtin und Witwe!

MARTHA … in ihrem Wirtshaus all die großen Bestimmer, die vielen Weltlenker und Weltdenker aus aller Herren Länder an ihrem Tisch versammelt.

KUNTZ Dass sie das geschafft hat!

MARTHA Dass sie das geschafft hat! An so einem einfachen Tisch, hier mitten im Wirtshaus.

KUNTZ Hat sie auch dem Kuntz zu verdanken.

MARTHA Martha Haefelin hat's jetzt geschafft!

TRINKER Darauf trinken wir einen.

MARTHA Liefert jetzt auch noch jeden Tag ins Münster hinüber: Zweihundert Fische, zwei Dutzend Braten, vier Fässer vom Besten, und an jedem Freitag und an den fröhlichen Trauertagen, Aschermittwoch, Karfreitag, darf's alles sein, alles, was aus dem Wasser kommt und an den Hängen wächst, nur nichts, was auf der Wiese grast.

TRINKER Darauf trinken wir einen.

HINTZ Sauen haben ja auch Schwimmhäute, hab ich mal gehört, und Otter …

MARTHA Das Essen, Speisen, Tafeln … hier mitten in Martha Haefelins Wirtshaus. Nur leider hat's der Bertus nicht mehr erleben dürfen. Der war ja schon lange tot, hat sich eines Winters unter die Erde gehustet. Er hätte es mir auch gar nicht geglaubt, dass ich einmal eine Flotte haben werde und dass nach mir eine Straße benannt wird. Das hätte der Bertus nicht einmal geglaubt, wenn er's mit eigenen Augen gesehen hätte.

KUNTZ Dass den Bertus nie einer gesehen hat, ist ja auch ein komisches Wunder. Seit ich dich kenne, Martha, hat es immer geheißen, der Bertus hätte sich eines Winters unter die Erde gehustet. Aber nie hab ich einen getroffen, der den Bertus noch erlebt hat. Als hätte es den Bertus gar nie gegeben.

TRINKER Die Martha ist eben schon als Witwe auf die Welt gekommen.

KUNTZ Als Witwe und Wirtin!

SELMA Aber irgendwo muss die Berta ja hergekommen sein.

TRINKER Es gibt Fragen, Selma, die gibt's, und andre, die gibt's auch. Und die einen fragt man und die anderen nicht.

MARTHA Da werden sie sitzen, die Weltentscheider und Papstmacher!

FREMDER Und auch die Ketzer.

MARTHA Was hat er gesagt?

TRINKER Er hätt gern ein paar Kretzer. Und ich soll noch was zu trinken kriegen.

SELMA Und die Selma, die hat dann einen eigenen Weinberg. Selmas Weinberge. Die ganze Reichenau hinauf und hinab, von der Birnau bis Bregenz. Alles Selmas Weinberge. Dann wird es heißen: Die Mönche schuften in den Weinbergen von der Selma.

MARTHA Und die Bertha ist dann schon längst in Venezien.

HINTZ Weil, wer am Wasser geboren, will wieder zum Wasser.

MARTHA Fürstin ist die, Hintz! Fürstin!

HINTZ Sag ich doch: Fürstin von Venezien

TRINKER Oder von Sachsen

KUNTZ Mach nicht alles schlimmer, als es ist.

SELMA Die Berta muss zuerst einmal aufwachen.

HINTZ Wenn's einmal so weit ist, verschläft die sogar ihre eigene Hochzeit.

SELMA Die verschläft nochmal ihren eigenen Tod.

TRINKER Die überlebt uns alle, die Berta. Das sag ich euch.

MARTHA Martha Haefelins Flotte, heißt es dann, fährt nach England, Paris und ins Heilige Land.

HINTZ Da gibt's doch gar keinen Fluss.

MARTHA Dann wird der gebaut. Der Bertus hätte mir das auch nie geglaubt, auch wenn's wahr ist.

TRINKER Auf die Wirtin, auf die Flotte!

Und jetzt trinken wir noch einen.

MARTHA Länder entdeck ich da. Länder, die's noch gar nicht gibt!

KUNTZ Da heißen die Straßen dann auch Martha-Haefelin-Straßen. Das sag ich euch.

HINTZ Mir ist immer noch nicht klar, wie man mit so einem Schiff aus dem Bodensee hinauskommen will.

KUNTZ Menschenkenntnis, Hintz. Ich sag nur: Menschenkenntnis.

HINTZ Ist mir immer noch nicht klar.

TRINKER Es gibt Fragen, die gibt es, und andere, die gibt es auch …

KUNTZ Die tragen die Schiffe über den Säntis.

MARTHA Du glaubst doch nicht im Ernst, dass man nach dem Konzil den Bodensee noch so lassen kann, wie der ist. Der Bodensee muss ja auch in die Welt hinaus. Wozu bräuchte man sonst eine Flotte?

KUNTZ Sag ich ja.

MARTHA Aus dem Bodensee, das sag ich euch, wird dann das Konstanzer Meer.

HINTZ Das Konstanzer Meer!

Da mach ich ein Gedicht drauf:

Immer mehr wird der See zum Meer,
Und immer mehr gibt's dann Verkehr.

MARTHA Zwölf Personen, hat es geheißen, ein Tisch für zwölf Personen. Wie beim Abendmahl. Päpste aus aller Herren Länder und alles, was sonst noch dazugehört. Da könnt ihr dann natürlich hier nicht alle so herumhocken, wenn die zwischen der Fastensuppe und dem Kretzerschmaus ihre gelehrten Reden halten. Da musst du dann zuhören, Franz! Du kannst doch Latein. Man hat aus dir doch einen Bischof machen wollen.

TRINKER *zum Fremden*

Fast wär ich Bischof geworden.

FREMDER Bischof?

TRINKER Hab im letzten Moment noch die Kurve gekriegt.

MARTHA Päpste aus aller Herren Länder!

TRINKER Sonst müsst ich jetzt auch hier sitzen bei denen drüben.

SELMA Der Franz sitzt hier, seit ich denken kann.

auf den Fremden bezogen

Und was macht der?

Fremder reagiert nicht

TRINKER Mit was du dein Trinken verdienst, will die Selma wissen.

Fremder reagiert nicht

MARTHA *zum Trinker*

Frag ihn, woher er kommt und was er macht.

TRINKER Was Ihr macht, will die Frau Martha wissen.

FREMDER Ich bin Humanist.

TRINKER Hornist. Er sagt, er sei Hornist.

SELMA Wer viel bläst, hat viel Durst.

MARTHA Da hat was Platz, in diesen Weltdenkern und Weltlenkern, Papstbäuchen und Königsgurgeln, Theologenmäulern und Kardinalskutteln.

KUNTZ Da kommen wir aus dem Einschenken gar nicht mehr raus.

HINTZ Da rennt man zur Küche wieder rein, bevor man rausgerannt ist.

SELMA Bloß dass die Berta erst einmal lernen muss, wie man vom Ofen zum Tisch kommt, ohne dass sie den Braten …

MARTHA Die brauchen auch ihre Wildsauen und Bierkrüge und Weinfässer und Leberwürste und Schnecken und Frösche und Kühe und Ziegenböcke, wenn die so viel diskurrieren und diskutieren müssen. Und alles von der Martha Haefelin!

TRINKER Da kommt dann eine ganze Schöpfung auf den Tisch.

KUNTZ Aber vorher spielen wir noch unser Stück:

»Die Bekehrung des Heiligen Genesius«

HINTZ Kuntz spielt den Tyrannen, ich den Genesius.

KUNTZ Und ihr das Gesindel.

HINTZ Ich spiel da einen Schauspieler, der einen Schauspieler spielt, der …

KUNTZ Verrat nicht alles gleich!

HINTZ Wenn ich dann sage:
»Ihr Lieben, mir ist so schwer, ich will so sehr, dass mir leichter wird …«

HINTZ, KUNTZ … dann müsst ihr alle sagen:
»Wie sollen wir dich leichter machen, wenn du so schwer bist? Sind wir vielleicht Zimmerleute und sollen dich unter den Hobel legen?«

KUNTZ Merkt's euch! Ihr sprecht jetzt alle nach:

HINTZ, KUNTZ »Wie sollen wir dich leichter machen, wenn du so schwer bist? Sind wir vielleicht Zimmerleute und sollen dich unter den Hobel legen?«

MARTHA Ob dieser Hus auch mit am Tisch sitzt, sei noch nicht sicher. Sicher sei nur, dass er sicher keinen Wein trinkt, wenn er überhaupt mit am Tisch sitzt.
Das sei sicher.

TRINKER Und der Papst sitzt in der Mitte.

MARTHA In der Mitte sitzt der König. Der hat den Tisch bestellt.

KUNTZ Und die Berta geht dann gleich mit. Heim nach Venezien!

SELMA Die Berta muss erst einmal aufwachen.

HINTZ Die Berta schläft tiefer, als der Bodensee ist.

SELMA Und wenn sie einmal aufgewacht ist, muss die Berta erst einmal lernen, wie man vom Ofen zum Tisch kommt, ohne dass der Braten …

TRINKER Ich hab gedacht, da gibt's bloß Fastenspeisen, jetzt in der Fastenzeit.

MARTHA Aber einen Otter darf's schon geben und einen Dachs auch. Die gehören alle zu den Fischen. Die haben Flossen. Genau wie die Biber.

SELMA Flossen?

MARTHA Ganz kleine. Auch Sauen haben Schwimmhäute. An den Ohren.

KUNTZ Wir alle kommen aus dem Wasser. Steht in der Bibel. Wir alle.

FREMDER Thales hat das gesagt.

MARTHA Was hat er gesagt?

TRINKER Er heißt Thales, hat er gesagt, und will nochmal was.

SELMA Fische gibt's längst keine mehr im See. Die Sachsen werfen die sich schon zum Frühstück roh in den Rachen.

MARTHA Dann lässt man die eben vom Gardasee herankarren, wenn uns die Pfütze hier vor unserer Haustür im Stich lässt. Otter, Sumpfschnecken,

Vögel, von allem nicht zu wenig! Und Geschirr. Der König, hat's geheißen, trinkt bloß aus Gold.

SELMA Vögel gibt's auch keine mehr, Frau Martha. Die Italiener haben uns die Singvögel aus der Luft gefressen. Jetzt hört man morgens nicht mal mehr eine Amsel singen.

HINTZ Wär auch wieder ein Gedicht:
Still und stumm sind die Morgengrauen,
meine Liebsten sind längst abgehauen.

MARTHA Sumpfhühner tun's auch und Möwen.

SELMA Möwen?

MARTHA Marthas Bratmöwen, die hat der Bertus immer am liebsten gegessen. Wer die einmal gegessen hat, der will nichts andres mehr. Und Schwäne, das sag ich euch!

SELMA Schwäne?

MARTHA Aus dem Hals von einem Schwan, da mach ich dir eine Wurst, da staunst du. Da magst du nie wieder Wurst essen, Selma. Ein Dutzend Haubentaucher, das gibt die Suppe. Marthas Haubentauchersuppe. Alles kein Fleisch! Kommt alles aus dem Wasser.

TRINKER Und Wein.

MARTHA Wein! Natürlich! Da kauft man jetzt alles auf, vom Besten am besten den ganzen Vorrat, damit keiner noch einen vom Besten da hat und die immer zu uns kommen müssen.

SELMA Und wer bezahlt's?

MARTHA Was?

SELMA Wer's bezahlt?

MARTHA Was ist denn das für eine Frage?

SELMA Die Krüge aus Gold, die Sauen aus dem See …

TRINKER So was fragt man jetzt doch nicht, Selma!

MARTHA Beim König und beim Papst! Das ist ja, als würdest du den Herrgott fragen, ob Jesus auch wirklich sein Sohn ist.

SELMA Der Keller ist leer, der Bodensee gibt nicht mehr viel her, und für das, was man braucht, braucht's mehr als das, was man hat.

MARTHA Dann muss man Schulden machen. Schulden! Was heut noch Schulden sind, sind morgen Gulden.

SELMA Schulden?

MARTHA Schulden, Selma, verstehst du nicht? Schulden! Schulden sind die Väter vom Vermögen! Wer über den Bodensee hinaus denkt, der muss auch was wagen. Da muss man über seinen Knausrigkeitsschatten hinausspringen.
Schulden häufen. Schulden über Schulden. Ein wahres Schuldengebirge, damit man dann dreifach, vierfach, fünffach, zehnfach …

TRINKER Da mach ich mit. Mit Schulden kenn ich mich aus.

MARTHA … hundertfach kommt das zurück.
Heut sind Schulden Schulden, morgen sind's Gulden.

KUNTZ So ist sie, die Martha!

HINTZ Schulden und Gulden. Was sich reimt, kann nicht ganz falsch sein.

MARTHA Schulden halten die Welt am Laufen, das sag ich euch.
Ohne Schulden wär's der reine Stillstand.

TRINKER Ich muss auch täglich Schulden machen. Grad habe ich wieder welche machen müssen, für mich und die Martha. Wir zwei kommen in den Himmel, hat der Pater Absolvo gesagt. Ist alles gezahlt. Alle Sünden getilgt, auch die, die noch gar nicht begangen sind. Hat der Pater Absolvo gesagt, dem ich den Ablass gezahlt hab.

KUNTZ Was da der Bertus sagt, wenn der Franz für die Martha da oben schon alles erledigt hat?

TRINKER Wer sagt denn, dass der Bertus da droben ist?

HINTZ Schulden und Gulden. Was sich reimt, kann nicht ganz falsch sein.

SELMA Was leer ist, ist leer.

MARTHA Leer? Leer! Leer ist bloß dein Geschwätz.

TRINKER Musst du hier jetzt in der Wunde Jesu herumfingern, Selma?

KUNTZ Ausgerechnet du!

SELMA Ich frag ja nur, wie man das alles anschaffen will.

MARTHA Mit Anschaffen kennst du dich ja aus.

KUNTZ Fürs Anschaffen braucht man nicht mehr als das, was man hat.
Stimmt's, Selma?

SELMA Trotzdem ist nichts da.

MARTHA Nichts da, nichts da? Sitzt hier herum, tut nichts als reden, und sagt, es sei nichts da.

TRINKER Es gibt Fragen, Selma, die gibt's, und andre, die gibt's auch. Und die einen fragt man und die anderen nicht.
Und darauf trinken wir noch einen.

MARTHA Die Schulden sind die Zukunft von der Zukunft. Steigerung.
Zuerst hinab, dann hinauf.

HINTZ Wie beim Säntis.

TRINKER Die Schulden sind der Durst, bevor man wieder voll ist.

HINTZ Ich könnt' denen auch eine Tischmusik machen, dass die das nicht mehr vergessen. Das könnte ich. Ein paar Tischgedichte würden auch noch in mir drinstecken. Hintzens Tischgedichte.

KUNTZ Am Ende kommt dann wieder das Gedicht für die, die noch nicht weiß, dass Hintz mit ihr zusammen ist.

HINTZ Das mach ich auch nicht umsonst.

KUNTZ Aber vorher musst du noch den Schauspieler spielen, dem man den Kopf abgehauen hat.

HINTZ Und der Kuntz spielt den Tyrannen, den Kaiser von Rom.

KUNTZ Und ihr das Gesindel, das sagt:

ALLE *alle außer der Fremde*

»Wie sollen wir dich leichter machen, wenn du so schwer bist? Sind wir vielleicht Zimmerleute und sollen dich unter den Hobel legen?«

KUNTZ Da bricht dann ins Theater eine Wirklichkeit ein, das werdet ihr sehen!

MARTHA In meinem Wirtshaus bricht gar nichts ein.

SELMA *zu Hintz und Kuntz*

Ich frag mich, was ihr da eigentlich macht den ganzen Tag bei dem Konzil?

HINTZ Stehen

SELMA Stehen?

HINTZ Den ganzen Tag.

SELMA Einfach stehen?

HINTZ Ist nicht einfach.

KUNTZ Manchmal auch die halbe Nacht.

SELMA Immer bloß stehen?

HINTZ Stehen und halten.

SELMA Und was haltet ihr da?

HINTZ Den Himmel.

KUNTZ Das ganze Firmament. Wir spannen das Firmament übers Konzil, könnte man sagen.

HINTZ Hintz und Kuntz, das Himmelszelt!

KUNTZ Kuntz und Hintz, die Schirmherren vom Konzil! So ein Konzil lässt einen über sich hinauswachsen.

HINTZ Da kennt man sich am Ende gar nicht mehr.

SELMA Ich kenn mich schon.

TRINKER Hoffentlich, Selma, kennen die Weltdenker und Weltlenker, die hier bald ein und aus gehen, dich auch so, wie du dich kennst.

HINTZ Am Ende denken die noch, du seist so eine, wie du gar nicht bist, Selma.

SELMA Wie ist man eine, die man gar nicht ist?

TRINKER Solange die Selma weiß, was sie ist, ist sie so eine nicht. Stimmt's, Selma?

MARTHA Selma bleibt Selma. Das ist schlimm genug.

TRINKER Kann nicht jeder sagen

Es fallen im Hintergrund Töpfe, Pfannen, Geschirr zu Boden

SELMA Jetzt ist sie wach

TRINKER *ruft nach hinten*

In Venezien kannst du nicht mehr so lang schlafen, Berta.

Auftritt Berta

SELMA Vielleicht will sie ja gar nicht nach Venezien?

MARTHA Es gibt Dinge, Selma, die kann man nicht nicht wollen.

BERTA Ich hab geträumt.

MARTHA Das tut jeder.

BERTA Ich hab geträumt, dass hier bald nichts mehr
ist, kein Baum, kein Strauch, kein Haus,
nur Steine, Wasser, Sand und Trümmer,
Ruinen rundherum, ein bisschen Rauch.
Wo früher diese Wirtschaft stand,
das steht jetzt nichts, das heißt:
da schwimmen Fische.
Und keinen gibt's, der sie noch essen kann,
und keinen, der hier sitzt und schwätzt und schaut,
und keinen, der zum Bodensee noch seinen
Namen sagt, weil überhaupt nichts ist,
das spricht und flüstert oder singt.
Man hört bloß Flügelschlagen und manchmal
Glocken drunten tief im Wasser,
wo dann die Kirchen und die Türme liegen,
nur dass es keiner hört, weil keiner da ist,
der noch sagen kann, ob's Frieden ist
oder das Schlimmste.

MARTHA Je länger man schläft, desto schlechter werden die Träume.

3. Szene

Tribüne
Cilli, König, Hintz, Kuntz
Hintz und Kuntz tragen den Baldachin, den sie über Sigismund und Cilli zugleich zu halten versuchen, was nicht funktioniert

CILLI Ein Küstenstädtchen, hast du gesagt,
ein wunderbares Küstenstädtchen:
Palmen, Sonne, singende Fischer,
bildschöne Menschen, die nächtelang tanzen,
feurige Weine, Zitronen und Feigen.
Stattdessen stinkende Gassen und nichts als
Nebel, und wo man sitzt und steht und liegt,
zieht's durch die Ritzen und heulen die Winde,
vom Müller-Thurgau ganz zu schweigen!

SIGISMUND Das hab ich nie gesagt.

CILLI Unter Palmen am Ufer, nur wir zwei, hast du gesagt, zu einem Picknick, dabei in die Ferne schauen, auf schneebedeckte Gipfel, zum Greifen nah, und das alles unter Palmen und nur wir zwei …

SIGISMUND Das hab ich nie gesagt.

CILLI Stattdessen hinken einem auf Schritt und Tritt diese hässlichen Gestalten hinterher, schenken einem irgendeinen Kram, den man gar nicht braucht. Ich frage mich, warum die ständig diesen dämlichen Schirm über uns halten, wo hier doch gar keine Sonne scheint.

SIGISMUND Andre Länder, andre Sitten.

CILLI Stehen hier mit so einem Schirm in einem nebelversoffenen Kaff.

KUNTZ *zu Hintz*

Die sind beeindruckt.

CILLI Verstehn die uns?

SIGISMUND Non intellegunt, non intellexerant, non intellegent.

CILLI Was?

SIGISMUND Sie verstehn nichts, sie haben nichts verstanden, sie werden nichts verstehn. Dafür werden die bezahlt.

HINTZ Er sagt, wir seien intelligent.

KUNTZ Versteh nicht immer alles falsch. Er hat gesagt, wir seien elegant.

CILLI *zu den beiden*

Er wird euch nie bezahlen, glaubt bloß das nicht.

HINTZ Du sollst höher halten.

KUNTZ Du sollst nicht ständig reden.

HINTZ Höher!

KUNTZ Das mögen die nicht.

HINTZ Die verstehn uns nicht.

CILLI Was sagt er?

SIGISMUND Die sind es nicht gewohnt, dass eine Frau dem König ständig widerspricht.

CILLI Kein Geld im Sack und Kaiser werden wollen! Und deshalb bläst er hier die ganze Welt zusammen! Am Arsch der Welt! Das muss man erst mal schaffen. Keinen Schilling, keinen Gulden, keinen Heller, kein gar nichts. Er hat ja alles, was er braucht: ein großes Maul und eine reiche Frau.

HINTZ Höher sollst du halten.

KUNTZ Halt dein Maul, hat sie gesagt.

SIGISMUND Es wird dir hier gefallen. Die ganze Welt ist wegen mir hierher gereist.
Die ganze Welt! Es wird hier schöner jeden Tag. Der Nebel lässt, wenn er verschwindet, den Himmel umso heller leuchten. Wir sind im Paradies, auch wenn man es nicht sieht. Mit jedem Tag ein bisschen mehr. Man nennt es Steigerung.

CILLI Steigerung?

SIGISMUND Es wird hier immer schöner, du wirst es sehen.

CILLI Das sagst du mir, seit ich dich kenne.
Immer sagst du, es wird immer schöner.

SIGISMUND Steigerung, Cilli, Steigerung.

CILLI Pass auf, was du mir jetzt versprichst.

SIGISMUND Ich bin nicht hier zum Picknicken.

CILLI Und ich bin zum Vergnügen hier?

Allein am Nebelufer hocken und Gespenster zählen?

SIGISMUND Geschäfte sind Geschäfte, Cilli.
Das tu ich auch für dich.

CILLI Will ich Kaiser werden oder du?

SIGISMUND Ich muss die Welt in Ordnung bringen.

CILLI Drunter macht er's nicht: Am Arsch der Welt die Welt in Ordnung bringen!

SIGISMUND Vermitteln, reden, debattieren … Franzosen, Spanier, England, Römer, Päpste …, meinst du, das macht man nebenher? So mir nichts, dir nichts?

CILLI Was für ein Mann, der so was schafft, ganz ohne einen Pfennig!

SIGISMUND Und wenn's mein Schicksal ist, dann werd ich Kaiser.

CILLI Und dabei so selbstlos.

SIGISMUND Es kommt mir keine Frau in Sinn, die so wie du zur Kaiserin gemacht ist.
Ich tu das alles nur für dich.

CILLI Bei allem denkt er nur an mich.

SIGISMUND Nie, Cilli, werde ich vergessen, wie ich zum ersten Mal dies kleine, zarte Mädchen sah, ein Dämchen mit zwölf Jahren, strengem Mund und blonden Haaren …

CILLI Man hat ja auch so gut wie nichts davon gehabt, dass man mich geheiratet hat.

SIGISMUND Wer hätte je gedacht, dass dieses wunderschöne Kind, kaum dass es achtzehn ist, mal wie der ärgste Teufel landauf, landab die Steuerpeitsche schwingt und Tausende von Abgaben erfindet, für Hermelin, für Marderpelze, Gänsefedern, Holz und Honig, dazu die Haus-, die Treppen-, Hunde- und die Pferdesteuer, am Ende noch die Hühnereiersteuer.

CILLI Die habe ich längst eingeführt. Was glaubst du denn, wovon du lebst?

SIGISMUND Was Mein ist, ist auch Dein.

CILLI So geht dein Einmaleins. Aus Null mach Zwei, aus Nichts gleich Tausend, und das im Dutzend.

SIGISMUND Was kümmert's dich, bald machst du ja dein eigenes Geld, rührst nächtelang in unseren Kellern rum, stinkst morgens nach Gebräu, bei dem man aus dem Fenster springen will. Abrakadabra, Simsalabim, aus Dreck mach Gold! Nur so viel: Dass du hier nicht deine Dampfschwadenorgien feierst, das sag ich dir! Am Ende heißt's:
Der König Sigismund hat eine Frau, die ärger ist als jede Hexe und schlimmer als der schlimmste Ketzer, so schlimm, dass Hus ein Heiliger dagegen ist.

CILLI Du lebst nicht schlecht davon, scheint mir.

SIGISMUND Könnt uns einer hier hören, würd er nicht denken, dass ich der bin, der ich bin.

KUNTZ Er ist nicht, der er ist, hat er gesagt.

HINTZ Woher weißt du das?

KUNTZ Menschenkenntnis.

CILLI Schulden, nichts als Schulden, aber die Welt in Ordnung bringen wollen!
Am Arsch der Welt!

SIGISMUND Nicht so laut!

CILLI Die Simpel hier verstehen eh nichts.

SIGISMUND Die Simpel hier verstehen alles.
Ich bin der König.

CILLI Davon gibt's heut noch viel mehr als Päpste. Große, kleine, erste, fünfte, zehnte, elfte: Rudolf der Kühne, Albrecht der Faule, Karl der Fette, Herzog von Moosbach, Graf von Zoosbach, Jobst von Mähren, Fürst von Zähren, Hochzeiten, Morde, Onkel, Bastarde, Länder und Reiche wie Hühnerställe. Sie alle sind hierher gekommen, auf deine Kosten.

SIGISMUND Nicht so laut.

CILLI Gib ihnen ein paar Ketzer zum Fraß, dann haben sie einen Feind, machen ein Funkenfeuer und fühlen sich zusammen.

HINTZ Sie wollen ein paar Kretzer essen. Mit uns zusammen.

KUNTZ Nicht so hoch, Hintz. Jetzt ist's zu hoch!

CILLI Und wer bezahlt's, das ganze Essen, Fressen, Sitzen, Diskutieren?

SIGISMUND Darum musst du dir keine Sorgen machen. Da gibt's noch manche Schätze.

CILLI Schätze? Meinst du das alte Kadavergerümpel von deinem Vater? Kleiderfetzen, verfaulte Zähne, morsche Schädel? Der ganze Knochenhokuspokus? Reliquienramsch und Schweißtuchlumpen.

SIGISMUND Das kriegst du nirgends besser los als hier.
Was meinst du, was das wert ist?
Heiligtümer! Menschheitsschätze!
Davon verstehst du nichts.

CILLI Fingernägel, Christuslatschen …

SIGISMUND Und Herzen, Zungen, Kreuzessplitter, sogar die halbe Hildegard von Bingen!

CILLI Meines Wissens hast du die schon vor zehn Jahren versetzt.

SIGISMUND Apostelschädel hab ich noch, drei oder vier, und die lange Lanze, mit der unser Herr am Kreuz …, was meinst du, was das Wert ist!

CILLI Dass ich nicht lache.

HINTZ *zu Kuntz*
Du sollst nicht lachen.

KUNTZ Ich lache nicht.

SIGISMUND Vergiss nicht, wo wir sind.

KUNTZ *zu Hintz*

Vergiss nicht, wo wir sind.

CILLI Du hast gesagt, die verstehn nichts.

SIGISMUND Das hab ich nie gesagt.

HINTZ *zu Kuntz*

Er hat gesagt, er versteht seine Frau nicht.

SIGISMUND Auch wenn die nichts verstehen, verstehen die immerhin so viel, dass es am Ende heißt: Der König Sigismund versteht sich mit der ganzen Welt, nur nicht mit seiner Frau.

HINTZ Er hat es wieder gesagt.

KUNTZ Was?

HINTZ Dass er seine Frau nicht versteht.

KUNTZ Versteh nicht alles falsch. Die reden über Politik.

SIGISMUND Mein liebster Schatz, wir sehn uns nächsten Monat wieder. Adies!

CILLI Nächsten Monat!?

SIGISMUND Gut Ding will Weile …, du kennst den Satz.

CILLI Dein Wort in Gottes …, den kennst du auch.

SIGISMUND Du weißt, ich bin der reichste Mann auf Gottes Erden, wenn ich in Bälde Kaiser werde …

CILLI Du sollst den Tag nicht vor dem …, du kennst den Satz.

SIGISMUND … du kannst dann alles von mir kriegen, nur im Moment bin ich ein bisschen klamm: die Päpste, der Hofstaat, tausend Pflichten. Ich geb es Dir zurück mit Zins und Zinseszinsen, ein kleines Darlehen, ein paar Fiorini, dreißigtausend, hunderttausend, wenn's geht, darf's auch ein bisschen mehr sein.

CILLI Dafür, dass ich einen Monat allein hier herum hocke, soll ich auch noch bezahlen.

SIGISMUND Allein? Allein! Cilli, eine Königin ist nie allein.

CILLI Ein Monat hat auch Nächte, Siggi.

SIGISMUND Wir müssen tagen, Tag und Nacht, und dann werde ich zum Kaiser gemacht. Verehrte Herren, würden Sie meiner Frau Geleit geben, in ihr Domizil.

HINTZ Was hat er gesagt?

KUNTZ Jetzt geht's los mit dem Konzil

Hintz und Kuntz nicken eifrig.

Sigismund geht ab. Cilli ruft ihm nach

CILLI An deiner Stelle würde ich aufpassen, Siggi. Ich sage nur: König Karl! Erinnere dich, wie einst König Karl vom Unterleib zum Herz gefault ist, langsam hinauf. Bei diesem Klima würde ich aufpassen, Siggi. Die feuchte Seeluft, der Nebel. Man sieht nicht, in was man sich hier alles verrennt.

4. Szene

Tribüne
Sigismund, Frankreich, England, Deutschland, Hintz, Kuntz
Hintz und Kuntz mit Baldachin, den sie jedes Mal hochhalten, wenn die Trompeten einsetzen.
Später dazu Friedel, Papst, Cilli
Alle sitzen weit auseinander, nur der Papst und der König halten sich in der Nähe des Stuhls auf, der den Vorsitz bildet

FRANKREICH Darf ich fragen, wo England sitzt?

ENGLAND Zittert ihr schon wieder?

FRANKREICH Ich möchte lieber nicht neben England sitzen.

DEUTSCHLAND Führt ihr mal wieder Krieg?

ENGLAND Die Franzosen knien gleich mit tausend Mann im Schlamm, nur wenn ein Einziger von uns am Horizont auftaucht.

FRANKREICH Von Spanien soll ich alle grüßen, der Papst von dort hat leider keine Zeit zu kommen, in Spanien sind die Wege schlecht,
das Klima hier hätt' ihn am ersten Tag gleich umgebracht.

ITALIEN Der Papst ist da, er wird gleich kommen!

FRANKREICH *zum Italiener* Welcher denn?

Meint ihr den, der sich kaum noch auf einem Stuhl halten kann, getragen werden muss und nur noch zwei, drei Zähne hat?
Oder den Piraten aus Neapel, der seinen Vorgänger vergiftet hat und nicht mal weiß, wie's Vaterunser geht?

ENGLAND Oder meint Ihr etwa den, der ganz allein auf einer Insel sitzt, auf Spanien blickt und denkt, er sei der einzige?

DEUTSCHLAND *vertraulich zu Sigismund*
Man hat gehört, Ihr wollt sie alle drei absetzen und notfalls auch mit einem ganzen Heer die Italiener zwingen …

SIGISMUND Willkommen heiß ich Euch!
Welcome, bienvenu, auch benvenuto …

ITALIEN Der Papst ist da, er wird gleich kommen!

Die Trompeter setzen ein. Hintz und Kuntz halten schnell den Baldachin hoch.

Sigismund gibt den Trompetern ein Zeichen, dass sie aufhören sollen.

Hintz und Kuntz gehen mit dem Baldachin wieder herunter

SIGISMUND Schön, dass wir heute alle hier beisammen sind,
in dieser prächt'gen Stadt, am kleinen Meer,
das Süd und Nord zusammenhält
und Ost und West …

ITALIEN Verzeiht, Ihr fangt schon an, bevor es angefangen hat.
Wir sagen noch einmal:
Der Papst ist da, er wird gleich kommen.

Die Trompeter setzen wieder ein.
Sigismund gibt ihnen wieder ein Zeichen, dass sie aufhören sollen.
Bei Hintz und Kuntz das gleiche Baldachin-Spiel.

SIGISMUND Ich freue mich, dass Ihr in meinem Namen alle …

ITALIEN Er wird gleich kommen!

SIGISMUND … in meinem Namen alle hier zusammen seid.
Neapel, Ungarn, Habsburg, Rom,
Tirol, León und Aragón,
Anjou, Burgund und Aquitanien,
Böhmen, Mähren, Mailand, Pommern,

Die Trompeter setzen unvermittelt wieder ein.
Sigismund winkt heftig ab.

Schottland, England, Irland, Polen,
Litauen, Luxemburg, Bayern, Sizilien,
Kurland, Gothland, Schlesien, Schweden,
Schwaben, Sachsen, Salzburg, Sardinien,
auch Portugal, Brabant und Flandern,
und ganz besonders grüß ich auch
Ruthenen, Lemken, Bojken, Huzulen,
Franken, Lothringer, Welfer, Staufer,

Habsburger, Breslauer, Debreziner,
Lyoner, Thüringer, Edamer, Landjäger,
die Armen- und die Reichenauer

Die Trompeter haben wieder einen Fehleinsatz.
Sigismund winkt ab

Pilger, Potsdamer, Parasiten,
Bretonen, Esten, Letten, Dänen,
Malteser, Meersburger, Kreuzlinger, Überlinger,
Berliner, Stettiner, Beserker, Slowaken,
Barbaren, Nomaden und auch nochmals die Schwaben,
St. Galler, Thurgauer, Marthaler, Basler,
Aargauer, Lindauer, Bregenzer, Limburger,
Allgäuer, Nürnberger, Wiener, Kässpätzler,
Hamburger, Lübecker, Lappen und Lettländer,
Biberacher, Oberdischinger, Nussdorfer, Pappenheimer,
Mannheimer, Ulm und Um-Ulm-Herumer,
Wasserbürger, Weingärtner, Wiesentäler, Innsbruckler,
Dogmatiker, Skeptiker, Scholastiker, Häretiker,
Hetären, Steckborner, Stein-am-Rheiner und Stricher,
Anatolier, Apulier, Albaner, Andalusier,
Burgunder, Spätburgunder, Trollinger, Silvaner,
Süchtler, Häfler, Säufer, Brüder und Schwestern,
Abstinenzler, Banditen, Trompeter und Tripper,

Sanguiniker, Choleriker, Hypochondriker,
Hysteriker,
Sodomisten, Stoiker, Paranoiker, Pykniker,
Magdeburger, Ravensburger und die von der
Höri,
Kressbronner, Markdörfler, Birnauer,
Friedrichshäfler,
Tyrannen, Temperenzler, Theologen, Templer,
Auswärtige, Hiesige, Abhängige, Aussätzige,
Augsburger, Siebenbürger, Freiburger und
Unfreie,
Anämiker, Presthafte, Diabetiker und
Duisburger,
Hepatitiker, Politiker, Postdramatiker,
Phlegmatiker,
Fanatiker, Frenetiker, Kurgäste, Konstanzler.

Die Trompeter setzen wieder ein.
Sigismund winkt heftig ab.

Ihr alle habt hier Sitz und Stimme,
nach Größe und Gewicht,
Bedeutung und Bestand,
versammelt unter vier Nationen,
damit der Vielheit nicht zu viel,
der Einheit nicht zu wenig …

Auftritt Friedel

FRIEDEL Er ist gestürzt!

SIGISMUND Was?

FRIEDEL Der Papst!

ALLE Gestürzt!?

FRIEDEL Gefallen, nicht im Krieg, nein, aus der Kutsche.
Wir fahren durch Morast und Schlamm,
Kuhfladen überall und Mist,
dann geht es hügelan, wir fahren über Stock und Stein,
die Kutsche stolpert, fällt und kracht zusammen,
sie rollt nicht mehr, es rollt der Papst aus ihr hinaus,
rollt einen bösen Abgrund runter, als ging's der Hölle zu,
durch Disteln, Dornen, Schlangennester,
doch oh welch Glück, im letzten Augenblick
lässt Gott den Papst an einen Baumstumpf prallen,
der Schädel blutet, doch keins der Glieder,
nicht Fuß, nicht Arm, nicht sonst etwas ist abgebrochen,
nur Kopf und Hirn sehn aus, als sei's vorbei,
er stöhnt und stammelt: Amen, Amen,
als sei's sein letzter Seufzer und er bereits
dem Himmel näher als der Erde.
Verkehrte Welt!, hat er geschimpft,
schon als wir durch Tirol, den dunklen Wolken zu,
ins Nebelland gefahren sind.
Verkehrte Welt!, man fährt doch nicht

vom Süden in den Norden,
man fährt nach Rom, dem Licht entgegen,
nicht aus dem Leuchtenden ins Trübe,
nicht aus dem Sonnenreich in finstre Wälder,
wo Wölfe, Bären, Hexen …

Der Papst humpelt mit einer Krücke und verbundenem Kopf herein

PAPST Schon gut! Genug! Vorüber ist vorüber.
Was für ein schönes Land!
Jetzt bin ich hier, gesegnet seid Ihr alle!

ITALIEN Viva, Papa, viva!

PAPST Willkommen, König Sigismund,
schön, dass auch Ihr es bis hierher geschafft habt.
Setzt Euch nur, ich bitte Euch!

SIGISMUND Nicht vor Euch, Heiliger Vater, setzt Ihr Euch bitte.

FRANKREICH Ich weiß nicht, wo ich sitzen soll.

PAPST Ich stehe gerne, vielen Dank.

SIGISMUND Ihr seid gestürzt!?

PAPST Ach was, ein kleiner Zwischenfall.
Was mich nicht umbringt, macht mich stark.
Ein Zeichen Gottes, was denn sonst!
Setzt Euch, bitte!

SIGISMUND Nein, Ihr setzt Euch, ich bitte drum.

PAPST Doch nein, ich bitte Euch, Ihr seid der Gast hier. Halb Italien ist angereist, um Euch hier zu empfangen.

SIGISMUND Ich weiß es sehr zu schätzen.
Ich habe Euch ja alle eingeladen und hoffe …

PAPST Halb Italien!

ITALIEN Viva, Papa, viva!

SIGISMUND Setzt Euch, Vater, dann kann man besser über alles reden.

PAPST Reden? Worüber reden? Wir sind ja alle hier. Ich und Italien.

ITALIEN Viva, Papa, viva!

FRIEDEL Und auch Tirol. Tirol ist auch gekommen.

SIGISMUND Umso schöner wird es hinterher,
wenn wir zuerst die schweren Fragen …
Doch setzt Euch doch!

PAPST Bevor ich mich hier setze, möcht ich noch ein paar Worte …

SIGISMUND Ehe ich es vergesse:
Ab heute sind die Tore zu. Die Tore alle.
Die Tore nach Nordost und nach Südwest,
zum See hin bildet's Wasser einen sanften Wall,
man kommt nicht mehr zur Stadt hinaus,
die Gassen hier sind süß und eng,
die Wirtshäuser von außen und von innen schön.
Keiner verlässt jetzt mehr die Stadt,
nicht König, nicht Papst, nicht Kardinal,
kein Land, nicht Hintz, nicht Kuntz, rein gar nichts.
Wer's trotzdem tut, der wird als Flüchtiger verfolgt.

scherzend zum Papst

Doch wer möchte schon von hier fliehen?!
Das müssten böse Gründe sein.
Doch setzt Euch doch.

PAPST Seid Ihr jetzt fertig?

HINTZ *zu Kuntz*

Du darfst jetzt nicht mehr aus der Stadt, hat er gesagt.

SIGISMUND *zum Papst*

Verzeiht, ich hab Euch unterbrochen. Ihr wolltet ein paar Worte …

DEUTSCHLAND Sind wir hier jetzt eingesperrt? Im eignen Land?

HINTZ *zu Kuntz*

Kein Kuntz verlässt die Stadt, hat er gesagt.

PAPST Verzeiht, wer redet jetzt: Ihr oder ich?

SIGISMUND Ihr, werter Vater. Setzt Euch doch bitte.

ENGLAND Wie lange soll das noch so weitergehen:
Setzt Euch doch – nein, setzt Euch nicht ---
setzt Euch – setzt Euch nicht ---

SIGISMUND *nur zum Papst*

Wundere dich nicht, wenn ich später bei der Versammlung manchmal gegen dich rede, ich muss so tun, als sei noch alles offen. Sonst säßen wir hier ganz allein. Nur du, ich und deine Italiener. Du weißt, ich bin auf deiner Seite.

laut

Setzt Euch bitte, guter Vater!

ENGLAND … setzt Euch! … setzt Euch nicht! …

DEUTSCHLAND Sind wir hier jetzt eingesperrt?

SIGISMUND Eingesperrt kann sich nur fühlen,
wer einen Grund zum Fliehen hat.

zum Papst

Das müssten böse Gründe sein.
Nun setzt Euch aber!

FRIEDEL Heißt das, wir müssen jetzt hier bleiben,
Tag und Nacht?

SIGISMUND Wir wollen reden, schweigen, beten,
diskutieren …

FRIEDEL In dieser Enge eingesperrt? Ich bin ein
freier Mann.

SIGISMUND So sicher seid Ihr nirgends sonst wie
hier.
Es ist zu Eurem Besten nur. Denn draußen
lauern Räuber, Diebe, Bettler, Mordsgesindel,
zu schweigen von den Krankheiten,
den Sümpfen, Schlangen, Krokodilen,
dem Schlamm und Dreck, Matsch und Morast.
Stadtluft macht frei! Nennt es Klausur!
So sicher seid Ihr nirgends sonst wie hier.

FRANKREICH Verzeiht, wie sollen wir es machen?
Wählen wir zuerst den neuen Papst und klären
dann …

ITALIEN Wir brauchen keinen neuen Papst!

FRANKREICH … und klären dann mit ihm zusammen, was alles noch zu klären ist.

ITALIEN Der Papst ist da, und alle Fragen sind jetzt nicht mehr offen.

FRANKREICH Oder wär es besser umgekehrt:
Wir ändern alles, was zu ändern ist,
und wählen dann den neuen Papst,
der alles umsetzt, was wir hier beschließen?

DEUTSCHLAND Da komm ich nicht mehr mit, Entschuldigung.

ENGLAND Man muss doch erst mal klären, was es hier zu klären gibt.

ITALIEN Klar ist: Hier steht der Papst!

SIGISMUND Wunderbar, Ihr Herren, weiter so, nur weiter! So hab ich mir das vorgestellt.
Gibt's etwas Schöneres als diese Einigkeit im Uneinssein, die Harmonie der klugen Dissonanz, die stets belebt und dann am Ende Frieden schafft. So stell ich mir das vor. Wir führen eine gute Ehe, meine Herren, ich seh' das kommen.

DEUTSCHLAND Da komm ich nicht mehr mit, Entschuldigung.

SIGISMUND Ich bitt' um Ruhe, der Papst will etwas sagen.

PAPST Ich danke, König Sigismund, man muss mir nicht das Wort erteilen.

Ich selbst kann sagen, wenn ich etwas sagen will.

SIGISMUND Das sag ich doch.

PAPST Setzt Euch doch!

ENGLAND Fängt das jetzt wieder an?!

FRANKREICH Wir fragen noch einmal: Zuerst der neue Papst …

DEUTSCHLAND Verzeiht, wer redet jetzt?

FRANKREICH Wir alle reden. Alle. Wozu sonst sind wir hergekommen?!

SIGISMUND Ich bitt' um Ruhe.

Der Papst will sich auf den Platz von Sigismund setzen

Verzeiht, der Stuhl hier ist mein Stuhl, hoher Vater, der ist nicht für Euch, Ihr sitzt gleich neben mir, links von der Mitte, auf dass wir zwei zum Ruhme Gottes und des Friedens Willen …

FRANKREICH Frankreich bleibt stehen.
Wir setzen uns hier nicht,
solange dieser da sich Papst nennt.

SIGISMUND Was Frankreich vorzubringen hat,
das hören wir, wenn Frankreich spricht.
Doch jetzt spricht Frankreich nicht.

FRANKREICH Verzeiht, ich weiß nicht, wo ich sitzen soll. Ich sag es noch einmal: Ich will nicht neben England sitzen.

ITALIEN Es ist doch alles schon gesagt.
Wir stimmen einfach ab.

DEUTSCHLAND Worüber denn?

ITALIEN Italien hat hier sechzig Kardinäle, die Spanier sind nicht da, und alle andern haben nicht mal zwanzig.

SIGISMUND Gemach, gemach, noch sind wir nicht so weit. Die Tore sind verriegelt, Konstanz ist eine schöne Stadt.

PAPST Schön, lieber König, dass es Euch hier so gefällt.

FRANKREICH Wir brauchen gar nicht anzufangen, wenn der da meint, er sei der Papst.

FRIEDEL Pfui, Frankreich, pfui!

ENGLAND England schließt sich Frankreich an, auch wenn wir andre Gründe haben.

SIGISMUND Für Gründe, liebe Völker, haben wir noch lange Zeit. Was Gründe sind, was nicht, das können wir jetzt Tag und Nacht erörtern. Zuerst einmal nehmt Platz …

FRANKREICH Er ist Bandit, Pirat und Mörder. Der wahre Papst, der sitzt woanders.

ITALIEN Warum habt Ihr dann nicht den Euren mitgebracht?

FRANKREICH Wir sollen auch von Spanien grüßen!

SIGISMUND Das habt Ihr schon gesagt!

vertraulich zum Papst

Ich fahre nächste Woche zu ihm hin nach Spanien, und wenn er abdankt, könnt auch Ihr

Euch überlegen, ob es nicht schöner wär, in Rom am Strand zu liegen, anstatt sich mit der Welt herumzuschlagen.

laut

Wie schön, dass wir hier alle …

ITALIEN Wir reisen morgen wieder ab.

Wo Rom ist, dort ist auch der Papst.

PAPST Ich bin nicht hier für irdisches Gezänk.

Was Gott gibt, kann nur Gott auch wieder nehmen. Ich bin nichts als sein Diener.

SIGISMUND *zum Papst*

Beruhigt Euch, Hoher Herr!

PAPST Ich bin nicht aufgeregt.

SIGISMUND Beruhigt Euch trotzdem!

Papst setzt sich mit Hilfe von Friedel auf den Stuhl von Sigismund

Wenn Ihr glaubt, Ihr seid auf meinem Stuhl Gott näher, bleibt ruhig dort sitzen. Bitte.

PAPST Beruhigt Euch, Herr.

SIGISMUND Ich bin nicht aufgeregt.

zu Friedel

Sag dem Papst, jetzt fängt es an.

FRIEDEL *zum Papst*

Jetzt fängt's an!

PAPST *zu Friedel*

Bevor der Papst nicht aufgestanden ist, fängt gar nichts an.

FRIEDEL Nichts fängt an, solange hier der Papst noch sitzt.

SIGISMUND *scherzend zu den andern*
Der Papst will nicht.

Allgemeines Gelächter.

Die Trompeter haben wieder einen Fehleinsatz
zu Friedel
Er muss den Segen spenden, sag ihm das.
Sag es ihm höflich, so wie man das eben macht.

DEUTSCHLAND Sitzen wir hier jetzt so bis in die Nacht?

ITALIEN Wir haben morgen eine lange Reise vor uns.

FRANKREICH Auf zwei Minuten kommt es jetzt auch nicht mehr an, wir warten hier schon fast den ganzen Tag und schon die halbe Nacht.

ITALIEN Wo Rom ist, dort ist auch der Papst.
Wir haben alles schon besprochen,
in Pisa vor fünf Jahren beim Konzil.

FRANKREICH Als keiner mehr die Alpen überqueren konnte, der zu euch reisen wollte, weil alle Pässe abgeriegelt waren, mit Bäumen, Brettern, Steinen, Karren, Kutschen.

ITALIEN Der Papst kann nur ein Italiener sein.

ENGLAND Schon Jesus war ein Italiener, wie Ihr alle wisst, ein Muttersöhnchen, Mafioso, Gigolo und Casanova, wie's alles in der Bibel steht. Habt Ihr's vergessen?

ITALIEN Man müsste Euch sofort verbrennen.

ENGLAND Hat mit jedem seine Pizza geteilt …

SIGISMUND Wir wollen nur das beste Argument
hier gelten lassen.
Von der Sorbonne sind Professoren angereist,
die wissen, wie man diskurriert und disputiert.

ITALIEN Wir haben alles längst besprochen, in Pisa
vor fünf Jahren.

SIGISMUND Wir wollen alles hören, alles prüfen,
was mit Bedacht, Vernunft, Verstand …

ITALIEN Italien muss sich das nicht bieten lassen!

FRIEDEL Der Papst soll reden.

FRANKREICH Erst müssen wir klären, wie wir es klären.

SIGISMUND *zum Papst*
Ich gebe Euch jetzt feierlich das Wort.

PAPST Ein wenig Brot und Wein, geliebte Brüder,
ein bisschen Frieden überall auf Erden …

ENGLAND Man sagt, ihr hättet Euren Vorgänger,
Papst Alexander, umgebracht.

FRIEDEL Darum geht es jetzt doch gar nicht.
Man muss hier nicht so alte Geschichten …

PAPST Wer redet jetzt?

FRANKREICH Wir müssen klären, was zu klären ist.

Der Papst steht auf

PAPST Ihr, meine guten Kinder,
ich bin gekommen, Euch zu sagen,

dass Gott in seiner großen Güte,
in seiner weisen Vorsehung,
mich hier zu Euch geschickt hat.
Nur seinem Ruf bin ich hierher gefolgt,
denn wer, außer dem höchsten Herrn …

SIGISMUND Eh ich's vergesse, hier noch ein kleines Gastgeschenk.
Nichts Großes, doch von Herzen.

Sigismund weist Hintz an, dem Papst etwas zu geben.

Ein Fußnagel vom Heiligen Petrus.

PAPST Vielen Dank, Gott segne euch.

SIGISMUND Ich hoffe, Ihr habt nicht schon einen.

PAPST Jetzt weiß ich nicht mehr, was ich sagen wollte.

SIGISMUND Setzt euch doch! Es fällt Euch sicher wieder ein.
vertraulich zum Papst
Ihr wisst, ich bin der reichste Mann auf Gottes Erden, wenn ich in Bälde Kaiser werde.
Ihr könnt von mir dann alles kriegen,
nur im Moment bin ich ein bisschen klamm:
die Frau, der Hofstaat, tausend Pflichten.
Ich geb es Euch zurück mit Zins und Zinseszinsen,
ein kleines Darlehen, ein Beutelchen voll Fiorini,
dreißigtausend, hunderttausend,
wenn's geht, darf's auch ein bisschen mehr sein.

PAPST *laut zu Friedel*
Sagt dem König, die dreißigtausend Fiorini, um die er bittet, werden nicht gewährt. Die Kirche muss sich um die Seele kümmern und nicht um das, was davon ablenkt.

FRIEDEL *zu Sigismund*
Die Kirche hat jetzt andre Sorgen.

HINTZ *zu Kuntz*
Der Papst hat Sorgen

SIGISMUND *zu Friedel*
Sagt ihm, die Kirche lebt von dem, was sie der Welt verdankt.

FRIEDEL *zum Papst*
Die Kirche dankt der Welt.

KUNTZ *zu Hintz*
Sie haben sich bei uns bedankt.

Auftritt Cilli

CILLI Verzeiht mir, hohe Herren, dass ich hier einfach so dazwischen, so mir nichts, dir nichts, unangemeldet, unstandesgemäß und so weiter … es geht ganz schnell …

SIGISMUND Nicht jetzt!

CILLI Ich bin gleich wieder weg

SIGISMUND Nur zu, bis später dann, ade!

CILLI Ein kurzes Wort mit meinem Mann …

SIGISMUND Nichts, was nicht warten kann!

CILLI So seh ich's auch: Warten kann alles!

Nur kann ich dir die hunderttausend Gulden,
die du so dringend brauchst, leider nicht borgen.
Die werten Herren geben mir doch sicher recht:
Es ist nicht gut, wenn zwischen Eheleuten
ein ganzer Berg voll Schulden steht.
Doch bin ich sicher: Dein Kadaverkiosk bringt
dir auf diesem frommen Jahrmarkt hier viel ein.
Das war's auch schon. Mein Schiff wartet.
Picknick in Überlingen! Wir sehen uns in einem
Monat wieder. Es wird hier immer schöner.

Nächtliches Intermezzo

Tribüne im Halbdunkel
Sigismund, Papst, Friedel, Italien, England, Frankreich, Deutschland, Selma
Selma hält sich, jedes Mal anders als Hübschlerin aufgemacht, in der Nähe auf.
Diese Szene wiederholt sich noch weitere zwei Male

SIGISMUND Wieder neigt sich ein großer Tag dem Ende zu, ein Tag, so voll von Wichtigkeiten, als wär er gar ein ganzes Jahr.
Damit wir noch ganz viele solcher Tage haben werden, meine Herren, bedarf es auch der Ruhe. Nach all den hitzigen Reden, den Gedanken, soll nun der laue Abendwind uns unsre Häupter kühlen. Wohlan denn, gute Nacht wünscht König Sigismund.
DEUTSCHLAND Gute Nacht wünscht Deutschland
ENGLAND Gute Nacht sagt England
ITALIEN Auch Italien sagt gute Nacht
FRANKREICH Gute Nacht sagt Frankreich
Sie bleiben alle stehen, keiner bewegt sich von der Stelle
DEUTSCHLAND Geht Ihr nur zu, ich hab es gar nicht eilig
ENGLAND Geht Ihr voraus, ich muss in eine andere Richtung

SIGISMUND Ich lass Euch gern den Vortritt, geht Ihr nur

FRANKREICH Nach Ihnen, England

ENGLAND Ich muss mich nicht beeilen, ich bitte Sie, gehn Sie voraus

Sie bleiben immer noch stehen

SIGISMUND Wohlan denn, eine gute Nacht wünscht König Sigismund

DEUTSCHLAND Gute Nacht wünscht Deutschland

ENGLAND Gute Nacht sagt England

ITALIEN Auch Italien sagt gute Nacht

FRANKREICH Gute Nacht sagt Frankreich

DEUTSCHLAND Gehn Sie voraus, ich bitte Sie, ich habe es nicht eilig

SIGISMUND *zum Papst*

Verzeiht mir, hoher Vater, zu Eurer Bleibe geht es diese Richtung!

Ich muss in eine andere Richtung, gehen Sie voraus.

PAPST Ich lasse Euch den Vortritt, bitte sehr

FRANKREICH Nach Ihnen, England

ENGLAND Gehen Sie nur, gehen Sie nur

FRANKREICH Ich muss mich nicht beeilen, gehen Sie

SIGISMUND Nun wohlan, dann nochmals gute Nacht wünscht Sigismund

DEUTSCHLAND Nochmals gute Nacht sagt Deutschland

ENGLAND Gute Nacht sagt nochmals England

ITALIEN Italien sagt auch nochmals …

FRANKREICH Gute Nacht

5. Szene

Wirtshaus
Papst, Friedel, Sigsimund, Cilli, Hintz, Kuntz, Martha, Selma, Berta, Trinker, Fremder
Selma deckt ständig Besteck und Geschirr auf und ab, um für das große Gastmahl zu üben. Wenn nach Getränken gerufen wird, scheint sie das nicht zu hören.
Als Volk verkleidet treffen hier ungewollt aufeinander: der Papst und der König.
Getrennt von den andern, etwas im Abseits, sitzen Cilli und Friedel zusammen

KUNTZ Der braucht mindestens eine Bank.

HINTZ Der ist so fett, der passt niemals auf einen Stuhl.

KUNTZ Da musst du noch eine Einbuchtung in den Tisch sägen, Martha, so einen Bauch, wie der hat.

HINTZ So ein Bauch, der braucht Platz.

KUNTZ Kann ja nicht zwei Meter hinter dem Tisch sitzen.

HINTZ *Hintz und Kuntz äffen den König und Papst nach*
Setzt Euch doch!

KUNTZ Nein, setzt Ihr Euch doch, ich bitte Euch!

HINTZ Nein nein, setzt Ihr Euch!

KUNTZ Nicht vor Euch, Heiliger Vater, setzt Ihr Euch bitte.

HINTZ Ich stehe gerne, vielen Dank. Bitte setzt Ihr Euch!

KUNTZ Ihr seid gestürzt? Setzt Euch bitte.

HINTZ Ach was, ein kleiner Zwischenfall. Setzt Ihr Euch bitte doch!

MARTHA Ich säg kein Loch in meinen Tisch. Auch nicht für den Papst und seine Wampe.

TRINKER Dann kommst du auch nicht in den Himmel.

MARTHA Du hast doch schon für mich gezahlt, in diese Ablasssparkasse.

TRINKER Neue Sünden, neues Glück, Martha!

MARTHA Bezahlt ist bezahlt.

TRINKER Das hat der Pater Absolvo gesagt.

Ob das der Himmel auch so sieht, weiß ich nicht.

MARTHA Bezahlt ist bezahlt.

SELMA Dann macht die Martha eben Sündenschulden. Schulden da, Schulden dort, im Himmel wie auf Erden.

MARTHA Was da bei dir zusammenkommt, da reicht die Hölle gar nicht aus.

KUNTZ Da müssen die an die Hölle noch eine Hölle dran bauen.

HINTZ Nach dem Konzil kommen sowieso alle

Konstanzer in den Himmel, und zwar für immer, haben die gesagt.

KUNTZ Dem ist die Kutsche unterm Arsch zusammengekracht, dann hat's die Pferde samt Papst den Berg runtergeschleudert, am Ende konnte keiner mehr sagen, wer Pferd ist und wer Papst.

HINTZ Eine richtige Papstlawine ist da den Arlberg runtergedonnert.

KUNTZ Da wächst jetzt kein Baum mehr und kein Gras.

HINTZ Der sei gar kein Papst, hat es geheißen, der sei Pirat.

KUNTZ Und sein Köter heißt Friedel mit dem leeren Beutel.

HINTZ Was so viel heißt wie: Hirn und Hoden hängen durch bis zum Boden.

BERTA Und was heißt das?

KUNTZ Musst du die Selma fragen.

FREMDER *zu Selma* Ich möchte noch ein Bier.

HINTZ Was hat er gesagt?

TRINKER Er sei gar nicht hier.

MARTHA Stört die Selma nicht, die muss für morgen üben. Morgen sitzen die alle hier und furzen auf unsre Stühle.

FRIEDEL Dürften wir etwas zu trinken kriegen?

MARTHA *zu den unbekannten Gästen*

Noch dürft ihr hier sitzen, aber nicht mehr lange. Nicht mehr lange! Dann wird hier zugesperrt für die Weltlenker und Weltdenker, die dann hier sitzen wie beim Letzten Abendmahl: Die Könige, Päpste und Ketzer. Da geht's dann beim Fastenschmaus mit Otterfisch und Dachsfilet um größere Dinge. Da sieht man dann schon ein bisschen, wie's im Jenseits zugeht.

KUNTZ Und das alles bei der Martha Haefelin.

TRINKER Wirtin und Witwe!

FRIEDEL Dürften wir etwas zu trinken kriegen?

TRINKER Und die Berta muss noch üben, wie man die hohen Herren bedient.
Ich könnt den König spielen und den Papst und auch den andern, diesen … wie heißt der noch?

KUNTZ Friedel ohne Schniedel.

SELMA Die Berta muss erst einmal lernen, wie man vom Ofen zum Tisch geht, ohne dass der Braten …

TRINKER Ich könnt auch die Königin spielen.

KUNTZ Die hat längst ein Auge auf den Hintz geworfen. Die ist schon längst mit dem Hintz zusammen. Bloß weiß sie es noch nicht. Pass bloß auf, Hintz, so jähzornig, wie der König ist …

FRIEDEL Uns brennt im Hals der Durst

HINTZ Die hat mich gar nicht angeguckt, die aufgemotzte Henne.

KUNTZ Was soll sie auch machen, wenn nebendran ihr Gockel steht?
Die will was von dir, das sag ich dir, Hintz.
Der Hintz ist längst die Hure von der Königin, bloß weiß er es nicht.

TRINKER Du musst ein Gedicht auf die dichten, Hintz, dann hast du sie im Sack.

KUNTZ Ein Gedicht, wo sich Picknick auf Fickmich reimt.

HINTZ Wo ein Reim ist, ist auch eine Hoffnung!

KUNTZ Vom Papst muss man nichts halten, dieser alten Sau, der sei bloß eine fette Marionette, die schneller abgesetzt ist, als sie gucken kann, hat der König gesagt.

HINTZ Und der König, heißt's, sei nur zum Ficken und Fressen in Konstanz.

KUNTZ Aber zahlen will er nichts.

HINTZ Alles umsonst!

KUNTZ Und die Königin treibe es wüster als wüst und sei eine böhmische Falschmünzerfotze.

KÖNIG Das müssen ja schlimme Leute sein, die Ihr da kennt.

PAPST Ich hätt gern was zu trinken.

KÖNIG Vor lauter Entsetzen ist unsere Kehle ganz trocken. Kamen eben am Stadttor vorbei und sahen dort ein Dutzend aufgespießte Köpfe. Junge Kerle, nicht älter als die hier.

zum Papst
Was meinst du?

KUNTZ Komm, Franz, wir verkaufen denen deine Zehennägel und sagen, die seien von Jesus, und von der Selma die Schamhaare, die von der Magdalena sind.

HINTZ Mit so was zahlt der König am allerliebsten: göttliche Vorhäute, heilige Darmausgänge, Rotze aus römischen Gräbern, da ein Pickel von Petrus, dort ein Pimmel von Paulus.

KUNTZ *zu Martha*
Der gibt dir für dein Abendmahl ein paar antike Furunkel und sagt, die stammen vom heiligen Sebastian.

KÖNIG *zum Papst*
Die Möwen haben sich um die letzten Fleischfetzen gestritten, die sie von den armen Bubenschädeln rissen. Junge Kerle, nicht älter als die hier!

PAPST Da möchte man nicht sein Köpflein hängen haben mit so einer bösen Zunge drin, die sich hat nicht beherrschen können und über den König und den Papst so wüste Dinge behauptet.

KÖNIG Die sind auch noch am Abend vorher im Wirtshaus gesessen und haben ihr Maul nicht halten können.

PAPST So schnell kann's gehen.

MARTHA Hier kann ein jeder sagen, was er will, solang er zahlt.

FRIEDEL Uns brennt's im Hals.

KUNTZ Bloß hetzen darf man die Martha nicht, sonst dauert's umso länger.

HINTZ *lacht*

Aber dass der König über den Papst fette Marionette gesagt hat!

PAPST Der König, heißt es, sei ja auch eine ziemlich hirnlose Hülse.

KÖNIG Und woher kennt Ihr sie denn, diese bösen Leut?

HINTZ Wir sind ganz nah an denen dran.

KUNTZ So nah, wie die sich selbst nicht sind.

KÖNIG Wir hätten allmählich Durst, und sagen's nicht zum ersten Mal.

TRINKER *mit Blick auf Cilli und Friedel*

Zuerst einmal kriegen die zwei Liebesmenschen da hinten was zu trinken. Denen spendier ich was. Das bringt Glück.

Berta, bring denen einen Schnaps.

Friedel steht auf und will gehen

TRINKER Sitzen bleiben, sitzen bleiben!

So eine Frau lässt man doch nicht sitzen.

Da bleibt man doch da. Wer da nicht da bleibt …

KUNTZ Sonst macht der Hintz gleich ein Gedicht auf sie.

Vielleicht ist's ja die, die noch nicht weiß,
dass sie schon längst mit ihm zusammen ist.

TRINKER Und für die Berta suchen wir noch einen.

SELMA Einen Grafen von Venezien!

TRINKER Und wisst Ihr eigentlich, wo Ihr hier sitzt? Bei der Martha Haefelin!

KUNTZ Wirtin und Witwe!

TRINKER Da wird jetzt ein neuer Papst gewählt, und wenn's Konzil vorbei ist, da werden dann nach der Martha ganze Länder benannt.

HINTZ Länder, die es noch gar nicht gibt.

TRINKER Jenseits des Säntis.

HINTZ Wo der Wind nordöstlich bläst.

KUNTZ Eine Flotte hat die dann mit sieben Schiffen.

HINTZ Die Martha macht aus dem Bodensee ein Meer.

TRINKER Das Martha-Haefelin-Meer

MARTHA *zu den Fremden*

Heut könnt Ihr hier noch sitzen, aber morgen, da furzen ganz andere auf meine Stühle.

PAPST Und der König wird angeklagt, weil er mit einer gottlosen Hure zusammenlebt. Mit einem Weib, das bei Nacht und Nebel Gift und Galle zusammenbraut.

CILLI Aber schön soll sie sein, heißt es überall. Die Schönste im ganzen Land. Und viel klüger als ihr Mann.

PAPST Bloß glaubt sie nicht an Gott.

CILLI Das sagt man auch vom Papst.

KÖNIG Wer im Glashaus sitzt, sollte nicht …

zum Papst

Ihr kennt den Satz!?

PAPST Wer andern eine Grube …

zum König

Den kennt Ihr auch?!

HINTZ *lacht*

Eine fette Marionette!

MARTHA Morgen sitzen die hier und furzen auf unsre Stühle.

HINTZ Der sei bekannt für seinen Jähzorn, der König. Ein Pudel, der von jetzt auf gleich zum Rottweiler wird.

KÖNIG Aber auch für seine Sanftmut, Güte und Großzügigkeit.

CILLI Solang es nicht die eigene Frau betrifft.

HINTZ Der hat, was man so hört, schon ganze Wirtshäuser zusammen geschlagen.

CILLI Hab ich alles auch gehört, hört man überall, wohin man kommt, in Meersburg, Allensbach und Überlingen,

in Gaienhofen, Immenstaad und Stein am Rhein,

in Nussdorf zwitschern es die Vögel von den Dächern.

Alles keine neuen Dinge, die man so hört und

spricht über den König, Papst und all die Männer, über die man immer schon alles wissen muss!
Männer, Männer, Männer, Männer!
Nur über die Königin weiß man so gut wie nichts.
Außer dass sie schön ist und aus Böhmen kommt, und sie als Kind ihr Jawort gab, was sie fast jeden Tag bereut.
Mehr weiß man nicht, und weil man nicht mehr weiß, will man mehr wissen, als man wissen kann.
Am besten macht man sie zur Hexe und zur Hure, vor allem, weil sie klüger ist und reicher als ihr Mann. Was nicht einmal das Schlimmste ist.
So hat man seine Freiheit, kann tun und lassen, was man will.
Ist der Ruf erst ruiniert … Ihr kennt den Satz!

KÖNIG Man könnte grade meinen,
Ihr würdet sie von innen kennen,
mit allem Kruden, Wirren, Irren,
was sie den lieben, langen Tag zusammenreimt.

PAPST Ihr kennt sie auch, scheint mir, von außen und von innen.

KÖNIG Man hört auch, dass zwei jämmerliche Simpel beim Konzil den Baldachin tragen. Die größten Trottel, die man in ganz Konstanz hat finden können.

SELMA Das hab ich auch gehört.

KÖNIG *zu Selma*

Man möchte meinen, man sieht Euch nachts so hin und wieder.

Jede Nacht, möchte man meinen.

TRINKER Wer jede Nacht die Selma sieht, muss jede Nacht ja selber unterwegs sein.

KUNTZ Unterwegs auf Selmas Wegen.

CILLI Die Wege des Herrn sind unergründlich. Ihr kennt den Satz!

KÖNIG Wer kennt ihn nicht!?

TRINKER Wer kennt sich selbst?

CILLI Ich hätte gern ein Bier.

MARTHA Berta, jetzt übst du mal, wie man das macht.

TRINKER Stell dir jetzt einfach vor: Das ist die Königin.

MARTHA Bring ihr das Bier.

SELMA Vergiss auch die Verbeugung nicht!

Berta bringt Cilli ein Bier, verbeugt sich vor ihr und verschüttet alles

So kriegt man keinen Grafen von Venezien.

CILLI Einen Grafen willst du aus Venezien?

BERTA Ich hab geträumt, dass …

MARTHA Was du geträumt hast, will hier keiner wissen.

CILLI Einen Grafen aus Venezien?

BERTA Ich möchte lieber eine Hexe werden.

MARTHA Sie redet wirres Zeug, wenn sie zu lang geschlafen hat.

CILLI Du möchtest eine Hexe sein?

BERTA Ich habe gestern gesehen, dass der See einen Buckel hat.
Der See hat einen Buckel. Das Wasser ist rund.
Die haben sich geirrt.

CILLI Wer hat sich geirrt?

BERTA Alle.

CILLI Alle?

BERTA Die haben sich geirrt. Wir hängen kopfüber. Wir alle.

Alle außer Cilli lachen

CILLI Kopfüber?

BERTA Wir alle hängen an der Welt.

Alle außer Cilli lachen

PAPST Am Ende sagt sie noch: Die Welt ist rund.

Alle außer Cilli lachen

6. Szene

Tribüne
Sigismund, Hintz, Kuntz
Sigismund sitzt auf einem Thron und hält Audienz
Hintz und Kuntz halten wieder den Baldachin
Nacheinander treten auf:
Papst, Friedel mit dem leeren Beutel, Frankreich, England, Deutschland, Italien, Cilli

SIGISMUND *zu Hintz und Kuntz*
Könntet Ihr ein bisschen Abstand halten.
KUNTZ Abstand?
SIGISMUND Ihr seid mir ein wenig zu nah dran. Versteht ihr?
Hintz und Kuntz nicken beide heftig
Am Ende kennt ihr mich sonst noch viel besser, als ich mich selbst zu kennen meine.
Hintz und Kuntz lachen verlegen
Vorsicht, sonst wird aus dem Pudel ein Rottweiler.
Hintz und Kuntz hören sofort auf zu lachen
Und jetzt lasst ihn kommen!
Hintz und Kuntz sind verdattert
Ihr sollt ihn kommen lassen!
KUNTZ *zu Hintz*
Du sollst ihn kommen lassen.

Hintz weiß nicht, was er machen soll

Kommen lassen sollst du ihn!

HINTZ: Ich soll … ?

KUNTZ Den, der jetzt kommen soll!

HINTZ *ruft ins Leere*

Der, der jetzt kommen soll, soll kommen!

KUNTZ Du sollst ihn holen.

HINTZ Wen?

KUNTZ Den, der jetzt kommen soll.

HINTZ Er kommt nicht.

KUNTZ Wer?

HINTZ Der, der kommen soll.

KUNTZ Dann hol ihn!

Hintz lässt den Baldachin fallen, eilt davon und stößt mit dem Papst zusammen

SIGISMUND Verehrter Vater, Eure Heiligkeit! Wie geht es Euch?

PAPST Das Klima hier, das Essen!

Seit gestern sausen mir die Ohren.
Ich hab es mit den Nieren,
und auch der Rachen schmerzt.

SIGISMUND Wir wollen uns so kurz wie möglich fassen. Wie heißt es schon im Alten Testament: In der Kürze liegt die Würze. Zum Reden kommen wir noch lange. Reden ist Silber, Schweigen ist Gold. Wie schon die Bibel sagt: Was du heute kannst besorgen, schiebe nicht auf …

PAPST Mir brennt der Bauch, die Fische hier, das Fett, der saure Wein …

SIGISMUND Das Leben ist kein Pizzastück. Du weißt, ich habe Dir gestern extra die Gelegenheit gegeben, vor allen anderen demonstrieren zu können, dass du mir, dem König, aus deiner übervollen Kirchenkasse nicht Geld und Gold zuschaufeln willst. Jetzt aber sind wir unter uns.

PAPST Ich danke dir.

SIGISMUND Das hab ich gern getan. Umso schöner, dass wir jetzt anders miteinander reden können. Reich sind nur die, die wahre Freunde haben.

PAPST Ich bitte Euch, es möglichst …

SIGISMUND Man sagt, du seist in deinem Leben schon so vieles und so manches gewesen.

PAPST … der Magen, die Nieren …

SIGISMUND Lasst die Leute reden, sage ich immer. Aber sie reden, ob man will oder nicht.

PAPST … ein regelrechter Sturm im Blut …

SIGISMUND Dreißigtausend, hunderttausend, das sind für Euch doch keine Summen!

Ich habe Ausgaben. Ich habe das alles zuwege gebracht. Das ganze Konzil! Bin jahrelang von Pontius zu Pilatus gerannt. Ich selbst bräuchte es nicht, dieses Konzil. Wer Papst bleiben will, braucht es umso mehr.

PAPST Ich danke dir. Vielleicht sollt ich mich besser setzen.

SIGISMUND Nein, bleibt ruhig stehen. Wir wollen uns so kurz wie möglich fassen.

PAPST Föhn, Feuchtigkeit und stinkende Gassen. Und das Licht, das so sticht.

SIGISMUND Hunderttausend! Für eine gute Sache. Mehr nicht.

PAPST Borgen und Schmausen enden im Grausen, heißt es schon beim weisen Salomon.

SIGISMUND Es heißt ja auch, dass Ihr gar nicht an Gott glaubt.
Lasst die Leute reden, sage ich immer.
Aber sie reden, ob man will oder nicht.

PAPST Was Glauben ist, das soll nicht Eure Sorge sein.

SIGISMUND Manche sagen sogar, dass Ihr Pirat gewesen seid. Pirat, Papstmörder und Päderast. Lauter Berufe mit P.
Lasst die Leute reden, sage ich immer.
Aber sie reden, ob man will oder nicht.

PAPST Wenn man glauben würde, was die Leute glauben. Ihr glaubt nicht, was wir dann glauben müssten!
Sie lachen beide
Eure Frau, die schlimmste Hexe! Ihr selbst …, ich will es gar nicht sagen.

Worte, Worte, Worte …

SIGISMUND Lasst sie reden, sage ich immer.

PAPST Lügen haben kurze Beine!

SIGISMUND Wer will da noch behaupten, Ihr wärt nicht bibelfest!

PAPST Fasst Euch kurz.

SIGISMUND Lasst die Leute reden, sag ich immer.
Allerdings, wenn Ihr Papst bleiben wollt …
Was ich ja will, dass Ihr es bleibt …
Nur Wollen allein …
Heißt es nicht in der Heiligen Schrift:
Wollen allein hat noch keinem geholfen!
Zwar kann der Glaube, wie es dort ebenfalls heißt, Berge versetzen, doch Jesus sagt auch:
Mein Reich ist nicht von dieser Welt.

PAPST Es heißt auch: Schuster bleib bei deinem Leisten. Johannes 28, 13.

SIGISMUND Hochmut kommt vor dem Fall, heißt es auch.

PAPST Man soll den Tag nicht vor dem Abend loben.

SIGISMUND Glücklich ist, wer vergisst, was nicht mehr zu ändern ist.
Auch das steht in der Bibel.

PAPST Unter den Blinden ist der Einäugige König. Markus 16, 36.

SIGISMUND Wie schön, einmal mit einem klugen

Mann von Welt …,
doch unser Gespräch, so fürchte ich, tritt auf der Stelle.

PAPST Dann legen wir ein bisschen Feuer nach.
Wie haltet Ihr's mit Hus?

SIGISMUND Hus, das lasst nur meine Sorge sein.
Ihr habt doch Sorgen schon genug.

PAPST Eure Sorgen sind auch meine Sorgen.

SIGISMUND Das nenn ich Freundschaft.

PAPST Man will hier Köpfe rollen sehen. Ich habe Hus schon vor vier Jahren eingeladen. Gekommen ist er nicht. Die Kardinäle wollten ihn schon damals brennen sehen. Ich habe widersprochen. Jetzt ist's zu spät. Verpasst ist verpasst. Meinetwegen hätte er leben sollen. Doch was, wenn Ihr und ich, wir beide, mit dieser Meinung ganz alleine stehen?

SIGISMUND Ich kann mein Wort nicht brechen.
Ich hab ihm freies Geleit versprochen.
Er muss als freier Mann nach Hause gehen.

PAPST Du willst doch Kaiser werden!

SIGISMUND Ihr könnt ihm mit dem Scheiterhaufen drohen.

PAPST Wer A sagt, muss auch B …, Ihr kennt den Satz.

SIGISMUND Ihr könnt ihm drohen, bis er das große Zähneknirschen kriegt.

PAPST Er ist ein Aas, das bis hinauf zum Himmel stinkt.

SIGISMUND In Böhmen sind die Leute sonderbar.

PAPST Das immergleiche, alte Geschrei:
»Sie predigen Wasser, sie trinken Wein!«,
mehr fällt den Leuten, wenn es um die Kirche geht, nicht ein. Jeder Simpel will auf einmal die Bibel verstehen und wissen, was die Wahrheit ist. Mit nichts im Kopf als Starrsinn, Wirrsinn, Trotz und Besserwisserei. Ein Bauer, der den Theologen spielen will und scheinbar mehr weiß als der Herrgott selbst.
Die Armen im Geiste! So hat das Jesus nicht gemeint. Das Ei will klüger sein als das Huhn.
Ein bisschen Demut ist jetzt angesagt, und sei es mit Gewalt.

SIGISMUND Er widerruft und unterschreibt, was ich ihm sage. Und keiner wird den Namen Hus je wieder hören.

PAPST Dein Wort in Gottes Ohr.

SIGISMUND Wer viel gibt, dem wir auch gegeben!
Ihr kennt die Bibelstelle.
Wir wollten eigentlich über etwas anderes reden. Man sagt, Ihr hättet nicht nur Euren Vorgänger vergiftet, Ihr hätte auch die Frau in seinem Bett danach sofort geschwängert.

PAPST Verzeiht, mir pocht die Niere …

SIGISMUND Lasst die Leute reden, sag ich immer.

PAPST ... ein Stechen im Auge, verzeiht, ich muss jetzt gehen ...

SIGISMUND Hunderttausend für eine gute Sache.
Ich bräuchte das Konzil nicht.
Aber wer Papst bleiben will ...

PAPST ... mir klirrt's im Ohr, verzeiht, ich höre nichts mehr.

SIGISMUND Gesundheit gibt's nur eine, Krankheiten viele.

PAPST Ich danke dir.

SIGISMUND Ende gut, alles gut. Wie's in der Bibel steht.

PAPST *macht sich auf den Weg, dreht sich aber noch einmal um*
Man soll den Tag nicht vor dem Abend loben!

Abtritt Papst

SIGISMUND Lasst ihn kommen.

KUNTZ *zu Hintz*
Du sollst ihn kommen lassen.

HINTZ Er ist gerade gegangen.

KUNTZ Den anderen! Den anderen sollst du kommen lassen.

HINTZ Wen?

KUNTZ Den, der jetzt kommen soll.

HINTZ Das hast du vorher auch schon gesagt.

KUNTZ Eben.

Auftritt Friedel

SIGISMUND *zu Friedel*
Was hast du mir zu bieten, mein lieber Friedel von Tirol?

FRIEDEL Der Papst hat mir gesagt, dass ich bei Euch …

SIGISMUND Vergiss den Papst, der ist so falsch wie alle andern auch. Ich habe ihm versprochen, die beiden andern abzusetzen.
Was hast du mir zu bieten, Friedel?

FRIEDEL Ich dachte, ich könnte bei Euch vielleicht …

SIGISMUND Jeder, der bisher da war, hat mir etwas zu bieten. Ich könnte etwas für dich tun. Und nicht zu wenig.
Du müsstest mir nur Lust drauf machen.
Damit meine ich nicht, dass du meiner Frau Lust machst. Dafür sorgen andere. Also, was hast du mir zu bieten, Friedel?

FRIEDEL Wenn ich Euch einmal fragen dürfte, ob ich bei Euch vielleicht …

SIGISMUND Ich könnte dein Tirol behüten.
Ich kenne viele, die in Innsbruck auch gern eine Burg bewohnen möchten.
Denk an die Säbelschwingerhorden aus dem Osten, die bärtigen Nomaden aus den Wüsten,

die Sarazenen mit den wilden Hengsten,
die unsre Länder überrennen und uns zu einem
Gott bekehren wollen,
der keine Gnade kennt und keine Güte.
Innsbruck, ich muss dich lassen, kannst du dann
singen,
nur Schutt und Rauch und das Nichts im
Rücken.
Denk nach, bevor du etwas sagst.
Was hast du mir zu bieten, Friedel?
Und jetzt Adieu.
Jetzt gehst du rückwärts auf das Tor zu.
Das ist ein erster Schritt.
Halt, Friedel, so geht's nicht. Schon falsch!
Geh rückwärts, schau mich an und stolpre nicht,
ich bin dein Diener.
Gut so, mein lieber Friedel. Denk an Tirol.
Und stütz dich nicht so sehr auf den,
der sich noch Papst nennt
und sich schon lange nicht mehr selber stützen
kann.
Ich wäre vorsichtig an deiner Stelle.
Böse Zungen murmeln, er treibe es mit Tieren.
Er sei in die Geheimnisse des Glaubens weit
weniger eingedrungen als in so manche Kuh, so
manches Schwein, so manches Schaf, so manche
Ziege.

Ich sage nur, was man so spricht.
Pass auf und stolpre nicht.

Abtritt Friedel

SIGISMUND Lasst ihn kommen.

HINTZ *zu Kuntz*
Lass ihn kommen!

KUNTZ Wie redest du mit mir?

HINTZ Du sollst ihn kommen lassen,
das ist nicht zum Spaßen,
und hörst du nicht,
muss ich dir eins verpassen.

KUNTZ Schlecht reimt sich,
was schlecht sich reimt.

Italien tritt auf

SIGISMUND Wie schön, dass Ihr gekommen seid,
Italien, das Land, wo die Zitronen blühn,
im dunklen Laub die Goldorangen glühn!
Was kann ich für Euch tun?

ITALIEN Wir fahren morgen wieder ab.

SIGISMUND Das habt Ihr gestern schon gesagt.
Wenn morgen immer morgen bleibt,
sehn wir uns öfter als gedacht.

ITALIEN Wozu noch bleiben? Der Papst bleibt Papst, und alles ist gesagt.

SIGISMUND So seht es Ihr, die andern sehn es anders.

ITALIEN Was hat uns England, Deutschland, Frankreich denn zu sagen?
Sie alle lebten noch in Höhlen und schlürften Wasser aus den Pfützen,
als bei uns schon Tempel, Kirchen und Paläste standen
und wir aus Kelchen Pinot Grigio und Barbera tranken.

SIGISMUND Mein Vater ist in Padua begraben.

ITALIEN Wie schön für ihn.

SIGISMUND Ihr werdet Hilfe brauchen, nicht heut vielleicht, doch morgen. Rom ist inzwischen auch nicht mehr, was es mal war.

ITALIEN Der Name Rom ist nur ein andres Wort fürs Christentum.
Wo Rom nicht ist, ist keine wahre Religion.

SIGISMUND Darüber reden wir dann morgen, jetzt gute Nacht,
Rom hat man auch nicht in sieben Tagen gemacht.
Vergesst auch nicht die Säbelschwingerhorden aus dem Osten,
die Sarazenen mit den wilden Hengsten,
die Euer Land bald überrennen.
O sole mio, könnt Ihr dann singen,
wenn Rom in Asche liegt und auf den sieben Hügeln die Muselmänner tanzen.

Jetzt gute Nacht.

zu Hintz und Kuntz

Bringt ihn hinaus. Italien ist ein schönes Land.

KUNTZ *zu Hintz*

Bring Italien heim, und zwar sofort.

Abtritt Italien.

Hintz kommt zurück mit England und Frankreich

SIGISMUND Gegrüßt seid Ihr mir, schönes England, schönes Frankreich.

Was bringt Ihr mir?

FRANKREICH Verzeiht, in einem Atemzug mit England will ich nicht genannt sein.

ENGLAND So geht es immer. Ich habe nichts getan. Schon falsch.

FRANKREICH Ihr habt Burgund und außerdem …

ENGLAND Seht Ihr, schon will man wieder kleinlich werden …

SIGISMUND Bretonen, Sachsen, Angelsachsen, es wächst zusammen, was zusammenwachsen muss.

Denkt an die Sarazenen mit den wilden Hengsten, die Euer Land bald überrennen.

Wir müssen jetzt zusammenhalten.

Herein wankt das betrunkene Deutschland

DEUTSCHLAND Bin ich zu früh oder zu spät?

KUNTZ *zu Hintz*

Er ist nicht dran, bring ihn hinaus.

HINTZ *zu Deutschland*

Ihr seid nicht dran.

DEUTSCHLAND Gestern ist's wieder spät geworden, weshalb ich jetzt ein bisschen früher …
Komm immer ein bisschen früher, bevor's zu spät ist, hat meine Mama …

HINTZ Ihr seid nicht dran.

DEUTSCHLAND Aber immer wird's so früh so spät, wenn man da sitzt und denkt und tischkuriert mit der ganzen Welt …

HINTZ Ihr seid nicht dran.

DEUTSCHLAND: … da ischd ja England, Frankreisch, Heilandzack! Wasch haben wir's erst
gestern Nacht …

HINTZ Ihr seid nicht dran!

DEUTSCHLAND *zu Hintz*

Halt du dein Maul, du Schwob, du Heilandzack, du Uferarsch vom See …

HINTZ *zu Kuntz*

Er redet mit dir.

SIGISMUND Wie schade doch, dass wir für Deutschland keine Zeit mehr haben,
ein andermal, es ist schon spät …

DEUTSCHLAND Isch grüße Eusch …

SIGISMUND Ich bitt Euch zwei, mein starkes England, stattliches Frankreich, lasst Deutschland nicht so hängen, nehmt es mit und sorgt dafür, dass morgen wir uns wieder treffen, in alter Frische.

Adiós, adieu, auf Wiedersehn.

England und Frankreich nehmen Deutschland in die Mitte und schleppen es hinaus

Auftritt Cilli. Sie ist im Gesicht schwarz verschmiert

SIGISMUND Meine Frau kommt zur Audienz bei mir? Die Schönste im ganzen Land und viel klüger als ihr Mann, wie man so hört.

CILLI Lass die Leute reden.

SIGISMUND Die Luft hier tut dir gut, man sieht es.

CILLI Du hättest es sehen sollen! Das hat gedonnert, gekracht und geknallt. Die Funken hat's in alle Himmelsrichtungen gespuckt, bis über den See hinüber.

SIGISMUND Hast du wieder nicht lassen können, was du nicht lassen kannst.

CILLI Nur ein bisschen Kali, Salpeter und Faulbaum …

SIGISMUND Platzt hier in meine Weltgeschäfte hinein, siehst aus wie der Teufel und erzählst von diesen Dreckrührereien

CILLI Zuerst hat's bloß gedampft, so ein Dämpflein, wie ich's schon tausend Mal gesehen hab, aber dann hat der Mönch von Meersburg drüben …

SIGISMUND Ich will's nicht hören!

CILLI Da haben wir dem Erdgeist unter dem Hintern mächtig eingeheizt, und der zischt los, das hättest du sehen sollen, wie der los zischt, auf einmal schießt der hoch, der reinste Drache, der Feuer spuckt und donnert, dass die Erde unter unsern Füssen zittert und knallt, wie wenn tausend Frösche in der Luft zerplatzen, und kracht, als fälle im Himmel einer Bäume.

SIGISMUND Das nennst du Picknick?

CILLI Das hättest du sehen sollen! Da könntest du die Leute hier beeindrucken, wenn das mal losgeht. Ich weiß jetzt, wie es geht.

SIGISMUND Nicht so laut, sonst du wirst noch als Hexe verbrannt.

CILLI Was macht Ihr denn anderes, mit Euren Kutten, Kelchen, Kreuzen? Aus Wein mach Blut, aus Hostien Fleisch, Abrakadabra, Hokuspokus, Weihrauch, Nebel, Myrrhe, Gemurmel …

SIGISMUND Ist das alles, was du mir sagen willst?

CILLI Ich wollte dich nach einem Monat wiedersehen.

SIGISMUND Ein Monat schon? Ein Monat, in dem meine Frau Tag für Tag bereuen musste, dass sie einem Mann wie mir ihr Jawort gab.

CILLI Lass die Leute reden.

SIGISMUND Siehst du, das ist der Unterschied zwischen dir und mir. Mir kommt es vor, als hätten wir uns gestern erst gesehen. Ist doch für Liebende ein gutes Zeichen! Ein Monat kommt ihnen vor wie ein Tag.

CILLI Bei Liebenden ist es, so viel ich weiß, gerade umgekehrt. Sind sie einmal für einen Tag getrennt, so kommt es ihnen wie ein ganzer Monat vor. Verkehrte Welt: Bei uns ist's andersrum.

SIGISMUND Das ist die noch viel innigere Liebe, dass man den andern gar nicht mehr vermissen muss. So sehr hat man einander in sich aufgesogen.

CILLI Ich weiß nicht, was ich erstaunlicher finde:
Dass du noch immer so bist, wie du bist,
oder dass die Welt daran nichts ändern kann.

Cilli und Sigismund treten in entgegengesetzte Richtungen ab

KUNTZ *zu Hintz*
Wieso stehst du noch da?

HINTZ Soll ich noch einen kommen lassen?

KUNTZ Wenn der König weg ist, ist alles weg.

HINTZ Aber du bist doch noch da.

KUNTZ Aber ich geh jetzt.

HINTZ Er hat dich nicht mitgenommen.

KUNTZ Wohin?

HINTZ Nach Böhmen ans Meer.

7. Szene

Wirtshaus
Martha Haefelin, Berta, Selma, Trinker, Fremder, Kuntz, Hintz

MARTHA Da kommt man ja kaum noch hinterher, was diese Mönchsherden und Weltdiskutierer alles in sich hinein schaufeln und schütten, fässerweise vom Besten. Aber heut Morgen hab ich auf den See geschaut, und da war wieder dieses Licht, dieses gleißend helle Wasserlicht auf dem See, dieses Flimmern und Glitzern, dass ich kaum hinschauen kann, so als hätt der Herrgott für einen Augenblick seinen Himmel aufgerissen, extra für mich, als wollt er sagen: Martha Haefelin, schau nur her, so glänzt dir dein Leben entgegen! Martha Haefelin, die Frau mit der Flotte, die den Bodensee bald in die Welt hinaus lenkt, mit ihren dreizehn Schiffen in Länder, die noch keiner kennt.

SELMA Der Kelterhans lässt fragen, wann die zweihundert Fässer mit seinem Jahrtausendwein endlich bezahlt werden.

MARTHA Was ist denn das für eine Frage! So was fragt man doch nicht jetzt, mitten im Konzil. Man scheißt ja auch nicht, solang man frisst.

SELMA Und die zehn Zentner Mehl, lässt der Müller von Kreuzlingen fragen, wann da endlich Geld zu sehen sei, sonst müsse er allmählich Zins und Zinseszins draufschlagen.

MARTHA Nur zu, nur zu! Hier geht der König aus und ein und auch der Papst.

SELMA Und die sechzig Sauen, zweitausend Hechte, achtzig Fässer Schmalz, die ganzen Fuhrwerke voller Äpfel, Zwetschgen, Quitten und Kartoffeln, der Zucker, der Zimt, der Honig, die Molke, der Quark, der Edamer, der Weißlacker, die Trüffel und all die Würste aus Italien, Salami …

MARTHA Wir wissen, was im Haus ist!

SELMA Die wollen wissen, wann gezahlt wird.

TRINKER Es gibt Fragen, Selma, die gibt's, und andre, die gibt's auch, und die einen fragt man und die anderen nicht. Und darauf trinken wir noch einen.

BERTA Ich hab den Teufel gesehn. Der hat in Meersburg drüben so laut gelacht, dass es gekracht hat und das Feuer aus seinem Maul über den ganzen See gespritzt ist.

MARTHA Je länger man schläft, desto schlechter werden die Träume.

BERTA Ich hab ihn gesehn, gehört und gerochen.

SELMA Am Ende war's dein Graf von Venezien.

BERTA Wie der gelacht hat. Da hat der ganze Bodensee gezittert, so hat der gelacht.

SELMA Also ich hab nichts gesehn.

MARTHA Du hast ja auch was andres zu tun, wenn's Wirtshaus hier schläft und die Nacht erst anfängt für dich. Da verdient die Selma sich ihren Weinberg, rauf und runter, den ganzen Bodensee entlang. Da kommt was zusammen.

SELMA Lieber sitz ich auf einem Wein- statt auf einem Schuldenberg.

MARTHA In tausend Jahren weiß keiner mehr, dass es da mal so ein Konzil gegeben hat, aber die Martha-Haefelin-Straße, durch die geht man auch noch in tausend Jahren.

SELMA In tausend Jahren hast du dann auch keine Schulden mehr.

KUNTZ Der Hus hat gesagt, dass man das Abendmahl auch im Wirtshaus von der Martha Haefelin feiern kann.

TRINKER Machen wir jeden Tag.

MARTHA Woher kennt der mich?

TRINKER Siehst du, Selma, sogar der Hus kennt die Martha Haefelin.

SELMA Ich weiß nicht, ob man von dem gekannt werden will.

Am Ende wird man da noch mit verbrannt.

BERTA *zum Fremden*

Bist du der Hus?

KUNTZ Der ist Hornist.

TRINKER Hussit, Hornist, Humanist, alles Mist.

FREMDER Ich hätt gern ein Wasser.

MARTHA Was hat er gesagt?

TRINKER Was Klares hätt er gern, für mich und ihn. Wollen eins auf den Hus trinken, wenn man schon so beim Abendmahl ... Hus, Hus, Hurra!

HINTZ Da bräucht's gar keine Kirche, kein Gold, keine Monstranz, fürs Abendmahl. Hat der Hus gesagt. Da bräucht's bloß zwei, hat er gesagt, die in meinem Namen versammelt sind.

ALLE *außer dem Fremden*

Hus, Hus, Hurra!

HINTZ Und jeder könne Pfarrer sein, auch mit Weib und ohne Latein.

ALLE *außer dem Fremden*

Hus, Hus, Hurra!

TRINKER Sogar die Selma dürft da predigen, im Kirchenwirtshaus.

ALLE *außer dem Fremden*

Hus, Hus, Hurra!

HINTZ Der Wein sei nicht bloß für die Pfaffen da beim Abendmahl, hat er gesagt.

ALLE *außer dem Fremden*

Hus, Hus, Hurra!

HINTZ Und diese ganze Ablass-Sauerei, mit der

man seine Sünden zahlt, das sei die allerschlimmste Seelenhurerei, hat er gesagt.

MARTHA Was?

HINTZ Das hat der gesagt.

TRINKER Dann soll der aber verbrannt werden, und zwar sofort.

MARTHA In die Hölle mit dem!

TRINKER Sonst hätt ich ja alles umsonst gezahlt, für mich und die Martha.

MARTHA Schneller als dass hier ein Bier auf dem Tisch steht, soll der in die Hölle!

BERTA Hus, Hus, Hurra!

Kuntz, Hintz und Selma fangen jetzt an, jene Szenen nachzuspielen, die sie im Münster mitbekommen haben. Kuntz spielt den König, Selma den Papst und Hintz den Hus. Anfangs wollen sie aus Berta den Hus machen. Berta versteht es nicht.

KUNTZ *spielt König Sigismund*

Ich hab ihm freies Geleit zugesichert.

SELMA *spielt den Papst*

Was glaubt Ihr denn, Ihr steht nicht über der kirchlichen Macht!

KUNTZ *zu Selma*

Darüber reden wir dann später!

zu Berta

Widerruf jetzt endlich, sonst kostet's dich dein' Kopf!

BERTA Was?

KUNTZ Widerruf einfach, Herrgott, dann hat's eine Ruhe, verdammt!

BERTA Ich?

HINTZ *zu Berta*

Du sollst sagen, dass du alles, was du gesagt hast, nicht gesagt hast.

BERTA Was?

HINTZ Du sollst sagen, dass du nicht glaubst, was du glaubst.

BERTA Wieso soll ich das sagen?

KUNTZ Sag's einfach!

BERTA Dann komm ich in die Hölle.

HINTZ Na und?

BERTA Dann komm ich am Jüngsten Tag in die Hölle.

SELMA *auf Berta zeigend*

Seht ihn Euch an, diesen Hus, was für ein Hochmut!

Er tut, als würde er Gottes ewige Ratschläge kennen.

Gelächter

HINTZ Will Märtyrer werden! Wenn's sein muss, tun wir ihm den Gefallen.

SELMA Will, dass man in tausend Jahren noch von ihm spricht! Hus, Hus, Hurra!

Das ist sein ganzer Ehrgeiz, sein einzig Trachten.

TRINKER Hus, Hus, Hurra, zur Hölle mit dir!

KUNTZ *zu Berta*

Jetzt widerruf, du Idiot!

HINTZ Das hat er nicht gesagt: Du Idiot!

KUNTZ So ungefähr, ist doch egal.
Ihr seid ein freier Mann!,
hat der König geschrien …

HINTZ Geschrien hat er auch nicht

KUNTZ Er hat gesagt:
Du bist ein freier Mann, nur widerruf!

HINTZ Er hat nicht Du zu ihm gesagt.

KUNTZ Ihr seid ein freier Mann, nur widerruft!
Wenn's recht ist.

HINTZ Wenn's recht ist, hat er nicht gesagt.

KUNTZ Ich hab's zu dir gesagt.

HINTZ Du musst schon genau sein. Später, wenn du den Tyrannen in unserem Stück »Die Bekehrung des Heiligen Genesius« spielst, dann musst du auch …

ALLE *außer dem Fremden*

»Wie sollen wir dich leichter machen, wenn du so schwer bist? Sind wir vielleicht Zimmerleute …«

KUNTZ Was hat denn das mit dem Hus zu tun?

HINTZ Da spielst du auch den Tyrannen.

KUNTZ Ich spiel keinen Tyrannen.

TRINKER Macht endlich weiter!

KUNTZ *zu Berta*

Mein Wort, das gilt: Ihr seid ein freier Mann,
nur widerruft!
Hat er gesagt.

MARTHA Ihr müsst nicht immer sagen: Hat er gesagt! Sagt's einfach, Schluss, sonst kommt man draus und wird noch ganz verrückt.

KUNTZ Ich sag's ja bloß, weil ich ja nicht der König bin und euch bloß sag, was er gesagt hat.

MARTHA Kein Mensch von uns hätt je gedacht, dass du der König bist.

HINTZ Am besten fangen wir nochmal von vorne an.

TRINKER Ihr macht da weiter, wo wir grade sind, verdammt.

zu Berta

Spiel jetzt den Hus, Berta!

BERTA Will der das?

MARTHA Berta spielt hier gar keinen, erst recht nicht so einen.

HINTZ Lasst mich den Hus spielen!

KUNTZ *zu Hintz*

Mein Gott, mein lieber Hus,
seid nicht so dumm und stur.
Was tut man nicht dafür,
dass das Leben weitergeht?!

HINTZ Das Leben ist der Güter Höchstes nicht!

TRINKER Der redet ja wie Schiller.

HINTZ Jetzt unterbrich mich nicht!
Man hat mir Rede versprochen!

KUNTZ *zu Hintz*
Jetzt reicht's mir aber auch, du störrischer Depp.

HINTZ Man hat mir Rede versprochen.

SELMA *zu Hintz*
Man hört, dass Ihr das Abendmahl wie eine Säuferei betreibt. Ein jeder kommt und geht und säuft und prasst, wie's ihm gerade passt, als sei's ein Frühschoppen, bloß dass Ihr meint, es handle sich um Gottesdienst.

KUNTZ Kein Mensch will dich verbrennen, nur du dich selbst!

SELMA Kein Sakrament erkennt Ihr an, die Heiligen nicht und nicht Reliquien.
Ihr seid Euch selbst der höchste Gott.

KUNTZ Man hat mir Rede versprochen.

SELMA Bald ist's so weit, am Ende ist dann jeder sich sein eigner Herr, ein jeder macht sich seinen eignen Himmel, sein eignes Paradies, seine eigene Hölle und einen Gott, den jeder sich zusammenbastelt, wie's ihm grade passt.

HINTZ Man hat mir Rede versprochen.

KUNTZ Du redest doch die ganze Zeit!

SELMA *zu Hintz*
Für wen redet Ihr eigentlich?
Für Euch, für Eure Frau?

Für ein paar lumpige Studenten,
die Euch an den Lippen hängen?
Ein Stammtischaufstand
in den Wäldern Böhmens,
bloß weil Ihr nicht mehr Deutsch
und nicht Latein mehr reden wollt.
Ein bisschen Sturm und Drang,
ein bisschen Rebellion,
weil's Euch zu langweilig geworden ist?
Geht's Euch zu gut?

KUNTZ Wollt Ihr slawische Horden gegen Rom anführen, den Kriegsherrn spielen, den Meuterich, als wäre *eine* Kirchenspaltung nicht genug? Die Griechen sind schon weg, mitsamt den Slawen und den Russen, seit Rom sich mit Byzanz die Welt aufteilen muss.
Soll alles noch in weitre tausend Splitter splittern?

HINTZ Das sagst gerade du? Ausgerechnet du, der du bei uns in Prag und in ganz Böhmen wütest, mordest, vergewaltigst, Häuser anzündest.
Nur weil du Stress mit deinem Bruder Wenzel hast und niemals Geld in deinem Königsbeutel.

KUNTZ Du müsstest froh sein, dass ich dich hier verteidige, und mir nicht auch noch Frechheiten …

HINTZ Von solchen Hurenböcken,
Prassern und Piraten,

die sich Priester nennen,
lass ich mir doch nicht sagen,
was Gesetz und Ordnung ist.

KUNTZ Lass mich zu Ende reden! Ich dulde nicht …

SELMA Ihr habt ja recht:
Wo Menschen sind, da menschelt es.
Wer sollte davon ausgenommen sein?
Auch Bischöfe und Nonnen sind vor Versuchung nicht gefeit. Doch was beweist's?
Dass wir nur alle Menschen sind. Mehr nicht!
Drum muss man nicht gleich gegen alles toben, was die Welt ausmacht.

TRINKER Toll, unsre Selma! Wie die auf einmal reden kann! Toll!

HINTZ *zum Trinker*
Die ist der Papst.

SELMA Unterbrich uns nicht, verdammt!
zu Hintz
Du bist jetzt wieder dran!

Hintz weiß nicht gleich weiter

Du musst jetzt sagen: Für mich gilt nur die Schrift!

HINTZ Für mich gilt nur die Schrift!

SELMA Dann musst du sagen: Nur das, was in der Bibel steht!

HINTZ Nur das, was in der Bibel steht!

SELMA Die Schrift! Die Schrift!

HINTZ Die Schrift! Die Schrift!

SELMA Nein, das sagt du nicht, das sag jetzt ich:
höhnisch
Die Schrift! Die Schrift!
Was ist denn schon die Schrift?
Man muss sie deuten können und begreifen!
Die Schrift als solche gibt es nicht.
Das sind bloß Wörter, Zinken, Zeichen.
Könnt Ihr Hebräisch, Aramäisch, Griechisch?
Ihr redet einfach so daher, ein Bauer,
der aus Böhmen kommt und meint,
er sei ein Theolog.

TRINKER Hau ihm eins drauf! Hus, Hus, Hurra!

SELMA *zum Trinker*
Du bist jetzt ruhig!

HINTZ Ich bin jetzt wieder dran:
Wer mir erklären kann,
was falsch an meinen Lehren ist,
dem widersprech ich nicht.
Nur *Ihr* dürft deuten?
Nur *Ihr* uns sagen, was wahr ist an der Schrift?
Was dies bedeutet, jenes nicht!?
Mir scheint, Ihr habt ein bisschen Angst,
obwohl wir doch bloß Bauern sind?
Bauern aus Böhmen.
Wir haben nicht das Geld,
uns Eure Deutungshoheit zu erkaufen.

SELMA So stellt es sich der Bauer vor,
nicht nur in Böhmen.

FREMDER Wasser. Ich brauche Wasser.

TRINKER *zum Fremden*
Sei still!

SELMA Am Ende glaubt er noch, dass das, was Wahrheit ist, die Mehrheit zu befehlen hat, und man darüber abstimmt, ob zwei und zwei tatsächlich vier oder nicht lieber fünf sind.

HUS *Ihr* macht die Wahrheit, wie es euch gefällt.
Ich sag es noch einmal:
Ich ehre nur die Schrift
und keine andre Macht der Welt,
die sich für geistlich hält.
Die Schrift und das Gewissen!

SELMA Das Gewissen! Ach?
Was man Gewissen nennt, ist wie ein Wind,
der heute dorthin, morgen in die andre Richtung bläst.

HINTZ Ihr kennt Euch aus, so scheint mir.

KUNTZ Er ist ein bisschen wirr, ein bisschen irr, das gibt's!
Doch Grund dafür, dass man ihn brennen sieht,
gibt's keinen außer den, dass er nicht einsehn will …

SELMA Das ist nicht Eure Sache, es geht allein die Kirche an, ich bitte Euch.

TRINKER Hus, Hus, Hurra, zur Hölle mit dir!

KUNTZ Mir reicht's jetzt auch, Du sturer Hund.

HINTZ Er hat nicht Du zu mir gesagt.

MARTHA *zu Hintz*

Missionarische Typen wie Dich mag ich eigentlich nicht. Aber ich mag es, wenn so ein Feuer in einem brennt, egal wogegen oder wofür, das Wichtigste, es lodert.

Der Bertus war auch so einer, das sag ich euch.

HINTZ In mir brennt bloß das Licht der Wahrheit!

MARTHA Stimmt das? Es heißt, Ihr hättet eine große Wohngemeinschaft, mit zwanzig, dreißig, vierzig Frauen, ein Haus mit lauter Räumen aus Matratzen, wo alle durcheinander stöhnen und Dein und Mein bloß leere Worte sind, die überhaupt nichts mehr bedeuten, ein einziger mystischer Leib, an dem kein Glied nicht trunken ist und dessen Glieder wir alle sind, *ein* Leib, der stöhnt und schreit und keucht und Wasser schwitzt.

Stimmt das?

Stille

SELMA Rede!

Stille

KUNTZ Man hat dir doch Rede versprochen.

Stille

HINTZ Wie soll ich da jetzt …

ALLE *außer dem Fremden*

Ja?

HINTZ Ich meine …

SELMA Wir wollen deine Rede hören.

Stille

Ist das alles, was Ihr zu sagen habt?

BERTA Lasst mich den Hus spielen.

HINTZ Was?

Berta steigt auf den Tisch

Der ist nicht auf den Tisch gestiegen.

KUNTZ *zu Hintz*

Du bist jetzt ruhig.

Berta steht auf dem Tisch

BERTA Ich habe den Teufel gesehn. Der hat in Meersburg drüben so laut gelacht, dass es gekracht hat und das Feuer aus seinem Maul über den ganzen See gespritzt ist. Der ganze Bodensee hat gezittert, so laut hat der gelacht.

TRINKER Den Teufel, Berta, kann man bloß mit Beelzebub bekämpfen.

Alles Gute ist für den Teufel zu schade.

MARTHA Man merkt, dass der Franz hätte Bischof werden sollen.

TRINKER Das Trinken kann man auch bloß mit Trinken bekämpfen.

MARTHA Und Schulden kriegt man bloß mit Schulden tot.

Und am Ende, Franz, das wirst du sehn, gehört einem die halbe Welt.

FREMDER Mir ist schlecht?

MARTHA Was hat er gesagt?

TRINKER Er sagt, der Wein sei schlecht. Hast du das gehört, Martha!

Der Fremde stöhnt

SELMA Wie sieht denn der aus?

TRINKER Schlechtes Wasser getrunken?

SELMA Wir müssen einen Doktor holen. Los, holt einen Doktor!

MARTHA Das brauchen wir hier nicht, wir sind auch Doktor.

Helft mir, er muss kopfüber, und zwar sofort!

KUNTZ Kopfüber?

MARTHA Helft mir!

TRINKER Macht schon! Die Martha kennt sich aus.

SELMA Er ist ganz grün.

MARTHA Helft mir! Das muss jetzt alles raus, das schlechte Wasser.

BERTA Hat der aus dem See getrunken?

SELMA Wir brauchen einen Doktor.

MARTHA So weit kommt's noch. Wer soll das zahlen? Am Ende heißt's dann überall:

Bei der Martha Haefelin, da holt man sich die Pest.

Sie drehen den Fremden kopfüber und hängen ihn mit den Füßen an einen Flaschenzug

FREMDER *stöhnt und zeigt auf Berta*
Die war bei mir heut Nacht im Bett.

HINTZ Was hat er gesagt?

Sie schütteln ihn

TRINKER Ihr schüttelt dem ja noch den Verstand aus dem Kopf.

HINTZ Was hat der gesagt?

SELMA Er war bei der Berta im Bett, hat er gesagt.

TRINKER Ihr schüttelt dem den Verstand aus dem Kopf!

KUNTZ Wo's nichts zu verlieren gibt, kann auch …

SELMA Wir müssen einen Doktor holen.

FREMDER Wasser …

HINTZ Man versteht ihn so schlecht.

SELMA Er war bei der Berta im Bett, hat er gesagt.

MARTHA Was redest du da? Kein Mensch versteht, was der hier sagt.

SELMA Das hat er aber gesagt.

TRINKER Am Ende hat der die Berta mit der Selma verwechselt.

MARTHA Am Ende hat der noch die Pest.

Alle weichen vor dem Fremden zurück und lassen ihn am Flaschenzug hängen

BERTA Ich hab geträumt, dass neben dem Münster ein ganzes Haus zusammengestürzt ist, und alle sind drunter begraben.

Nächtliches Intermezzo

Tribüne im Halbdunkel
Sigismund, Papst, Friedel, Italien, England, Frankreich, Deutschland, Selma
Selma treibt sich in wieder anderer Aufmachung in der Nähe herum

SIGISMUND Wieder neigt sich ein großer Tag dem Ende zu, ein Tag, so voll von Wichtigkeiten, als wär er gar ein ganzes Jahr.
Damit wir noch ganz viele solcher Tage haben werden, meine Herren, bedarf es auch der Ruhe. Nach all den hitzigen Reden, den Gedanken, soll nun der laue Abendwind uns unsre Häupter kühlen. Wohlan denn, gute Nacht wünscht König Sigismund.

DEUTSCHLAND Gute Nacht wünscht Deutschland

ENGLAND Gute Nacht sagt England

ITALIEN Auch Italien sagt gute Nacht

FRANKREICH Gute Nacht sagt Frankreich

Sie bleiben alle stehen, keiner bewegt sich von der Stelle

DEUTSCHLAND Geht Ihr nur zu, ich hab es gar nicht eilig

ENGLAND Geht Ihr voraus, ich muss in eine andere Richtung

SIGISMUND Ich lass Euch gern den Vortritt, geht Ihr nur

FRANKREICH Nach Ihnen, England

ENGLAND Ich muss mich nicht beeilen, ich bitte Sie, gehn Sie voraus

Sie bleiben immer noch stehen

SIGISMUND Wohlan denn, eine gute Nacht wünscht König Sigismund

DEUTSCHLAND Gute Nacht wünscht Deutschland

ENGLAND Gute Nacht sagt England

ITALIEN Auch Italien sagt gute Nacht

FRANKREICH Gute Nacht sagt Frankreich

DEUTSCHLAND Gehn Sie voraus, ich bitte Sie, ich habe es nicht eilig

SIGISMUND *zum Papst*

Verzeiht mir, hoher Vater, zu Eurer Bleibe geht es diese Richtung!

Ich muss in eine andere Richtung, gehen Sie voraus.

PAPST Ich lasse Euch den Vortritt, bitte sehr

FRANKREICH Nach Ihnen, England,

ENGLAND Gehen Sie nur, gehen Sie nur

FRANKREICH Ich muss mich nicht beeilen, gehen Sie

SIGISMUND Nun wohlan, dann nochmals gute Nacht wünscht Sigismund

DEUTSCHLAND Nochmals gute Nacht sagt Deutschland

ENGLAND Gute Nacht sagt nochmals England
ITALIEN Italien sagt auch nochmals …
FRANKREICH Gute Nacht

8. Szene

Tribüne
Hintz, Kuntz

KUNTZ Am Abend, dem 6. Juli 1415, einem warmen Sommerabend ...

HINTZ ... als der Wind nordöstlich blies ...

KUNTZ ... sah man eine riesige Prozession vom Münster bis hinaus vor das Stadttor ziehen. Alle waren sie gekommen, einem großen Volksfest gleich hörte man weit über den See ein Lachen, Singen, Kreischen. Kinder, Alte, alles auf den Beinen.

HINTZ Hätte Gott in diesem Augenblick auf diese Leute hinabgesehen, hätte er zugeben müssen, dass ihm nie hätte Schöneres einfallen können als solche Menschen, die da jauchzend miteinander an einem warmen Juliabend ...

KUNTZ ... als der Wind nordöstlich blies ...

HINTZ ... aus der Stadt hinausziehen auf eine Wiese nahe des Rheins. Und fragte man einen dieser fröhlichen Leute, wohin es geht, lachten sie nur und sagten: Wir braten heute eine Gans!

KUNTZ Ein jeder drängelte nach vorne, als gäb es etwas zu verpassen.

HINTZ So auch wir!

KUNTZ Ein jeder wollte da hin, wo man am meisten sieht.

HINTZ So auch wir!

KUNTZ Wir hatten es schon weit geschafft, quer durch die glucksend-taumelnde Menge.

HINTZ Manche schnaubten an uns vorbei wie Pferde.

KUNTZ Viele schwenkten Schilfrohre in die Luft und rühmten den Herrn und seine Schöpfung.

HINTZ Andre zogen Baumstämme hinter sich her, wieder andre rollten Strohballen, Frauen verteilten aus Körben Maiskolben in die Menge, ein ganzes Volk macht sich auf zum Gänsebraten.

KUNTZ Kinder und Frauen saßen auf den Schultern ihrer Väter und Männer, auf dass sie weiter sehen können, sehen, was an der Spitze des Zugs sich abspielt.

HINTZ Wir kamen nur sehr mühsam voran.

KUNTZ Zu dicht war das Gedränge

HINTZ Zwischen Armen, Beinen, Bäuchen

KUNTZ Aber so viele, lustige, fröhliche Leute

HINTZ Und plötzlich war der Kuntz verschwunden

KUNTZ Auch Hintz war nicht mehr da

HINTZ Verschwunden im Gewühl

KUNTZ Von jetzt auf gleich

HINTZ So wie ich den kenne, ist der längst vorne

KUNTZ Ich krieg eine Wut auf den Hintz, weil der einfach weg ist, dieser Seggel.

HINTZ Schalmeien, Trommeln, Dudelsäcke, Pfeifen,
Gesänge steigen in die Lüfte und Gerüche
von Würstchen, Fischen und Gewürzen,
ein Gaukler hier, ein Gaukler dort,
die Kinder spielen Ringelreih und tanzen,
die Sonne weitet sich zum glühend roten Ball
und hüllt den halben Himmel ein.

KUNTZ *schreit*
Hintz!?

HINTZ Mit Wagen, Pferden, Hunden, Eseln
vorbei an Blumengärten, Feldern, Wiesen.

KUNTZ *schreit*
Hintz!

HINTZ Die Glocken läuten überall,
von nah und fern,
der Säntis leuchtet drüben in erhabener Stille

KUNTZ *schreit*
Hintz!

HINTZ Ein Frieden überm Land,
als sei die Welt das Paradies,
ich stolpre über einen Stock,
ein Mädchen fängt mich, lacht mich an …

KUNTZ Sie haben Hus verbrannt.

9. Szene

Wirtshaus
Hintz, Kuntz, Martha Haefelin, Berta, Selma, Trinker, Fremder, Sigismund, Cilli, Papst, Friedel.
Friedel ist betrunken. Der Fremde sitzt reglos auf seinem Stuhl und kippt manchmal fast um, worauf ihn sofort jemand wieder richtig auf den Stuhl drückt

MARTHA Willkommen, was soll ich sagen … könnten mir mehr die Worte fehlen als jetzt, wo ich keine finde … Sie, Ihr, Euch hier willkommen zu heißen, willkommen …

KÖNIG Wir kommen, um auf die Stühle zu furzen.

MARTHA Wie schön, es ist uns eine Freude, wir danken Euch.

PAPST Verzeiht, wenn ich nicht lange bleibe.

KÖNIG Wir haben uns noch nicht einmal gesetzt.

PAPST Mir ist nicht wohl.

CILLI Nicht wohl?

PAPST Verzeiht, wenn ich mich niederlege. Ich habe Kopfweh.

MARTHA Wie schön, es ist uns eine Freude, wir danken Euch.

KÖNIG Noch keinen Schluck getrunken und schon Kopfweh?

PAPST Der See, der Föhn, so etwas kenne ich aus Italien nicht.

CILLI Wir hoffen, dass es nicht noch andre Gründe gibt.

MARTHA Wie schön, es ist uns eine Freude, wir danken Euch.

PAPST Den ganzen Tag dies grelle Licht.
Tagsüber die Augen nicht auf, nachts die Augen nicht zu. Mir ist nicht wohl, verzeiht, ein wenig Ruhe …

KÖNIG Ruhe! Für Ruhe habt Ihr noch viel Zeit, mein Freund, der Tod kommt früh genug. Erst kommt das Essen. Nehmt Euch ein Beispiel an Eurem Freund, er kann sich kaum mehr auf den Beinen halten.

FRIEDEL Mir is auch nich gut.
Mir is slecht, als wär ich auf einem Schiff.

MARTHA Es ist uns eine Freude.
Wo sind die andern denn?
Ein Tisch für zwölf, hat es geheißen,
wie beim Letzten Abendmahl.
Päpste, Könige, Ketzer aus aller Herren Länder!

KÖNIG Den andern ist allen schlecht.
Wir essen für sie mit.
Die Rechnung geht auf mich.

MARTHA Wie schön, es ist uns eine Freude, wir danken Euch.

FRIEDEL Der Hus lässt vielmals grüßen, er hätt' gern noch ein bisschen mitgegessen, hat sich aber gestern 's Maul verbrannt, der arme Mann.

PAPST Ich will hier diesen Namen nie mehr hören.

KÖNIG Würdet Ihr bitte die Fenster schließen! Selbst jetzt verpestet er uns noch die Luft.

HINTZ Das ist, wenn der Wind nordöstlich bläst. Nun setzt Euch doch!

KUNTZ Setzt Euch doch!

KÖNIG Aber nein, setzt Ihr Euch doch, ich bitte Euch.

HINTZ Wir wollen Euch, Ihr hohen Herren, wenn Ihr dann sitzt, als Vorspiel vor dem Abendmahl, ein heiliges Spektakel bieten.

FRIEDEL Ich nehm den Speck auch ohne Takel.

KÖNIG Alles, das versteht sich, geht auf meine Kosten. Wie Ihr ja wisst, bezahl ich mit göttlichen Vorhäuten, Apostelpimmeln und heiligen Schamhaaren.

MARTHA Wie schön, es ist uns eine Freude, wir danken Euch.

PAPST Die Rechnung geht auf mich, es ist ein Kirchenfest.

KÖNIG Das wäre wirklich nicht nötig gewesen,
doch Euch zu Ehren lass ich Euch gewähren,
wer will dem Papst da widersprechen.
Rom hat gesprochen, Rom lädt uns heute ein!

PAPST Ich muss nur früher weg, denn mir ist schlecht.

CILLI Ein bisschen Braten kann nicht schaden …

FRIEDEL Ich nehme nur den Speck, den Takel könnt ihr selber fressen.

KUNTZ Unser Spiel, das wir gleich spielen werden, heißt: »Die Bekehrung vom Heiligen Genesius«.

FRIEDEL Vom was?

HINTZ Vom Heiligen Genesius, der droben auf dem Schiener Berg liegt, gleich nebenan, nicht weit von hier, auf Gottes schönstem Erdenfleck, der Höri. Die Knochen sind noch alle da, zwar ohne Haut, doch mit viel Haar.

CILLI Bevor wir uns hier an die Knochen machen, könnten wir etwas zu trinken haben?

MARTHA Wie schön, es ist uns eine Freude, wir danken Euch.

KUNTZ Wir können gleich beginnen.

KÖNIG Mit Essen! Wir wollen essen!

HINTZ Alles ist schon vorbereitet.

KÖNIG Dann tragt es auf!

PAPST Ich habe Kopfweh.

MARTHA Wie schön, es ist uns eine Freude, das ist meine Tochter Berta.

PAPST Ohrensausen.

MARTHA *zu Berta*

Komm, stell dich vor.

PAPST Magengrimmen.

MARTHA *zu Berta*

Jetzt stell dich vor!

PAPST Ich muss mich hinlegen.

BERTA Habt Ihr ihn schon verbrannt?

CILLI Verbrannt?

KÖNIG Ich hoffe, Ihr redet nicht vom Braten.

BERTA Hat er gesagt, dass er nicht glaubt, was er glaubt?

KÖNIG Wir alle glauben, was wir glauben, und haben Hunger.

BERTA Dann kommt der in die Hölle.

KÖNIG *zu Selma*

Ich mein, ich kenne Euch.

TRINKER Man kennt so viele Leut, wenn die Nacht lang ist.

KUNTZ Nur so viel: Wenn wir hier jetzt gleich die Christen verspotten …

FRIEDEL Was?

KUNTZ … dann meinen wir das nicht so.
Wir spielen das bloß so,
wie das einmal war im alten Rom.

FRIEDEL Was?

HINTZ Wir meinen das nicht so!

KÖNIG Wir sind zum Essen hier.
Das alte Rom, verzeiht,
verehrter Papst, kann uns gestohlen bleiben.

PAPST Wenn nur das Zahnweh nicht wär.

TRINKER Wir haben auch Doktoren hier.
mit Blick auf den Fremden
Den haben wir gerade erst behandelt.
Kopfüber hängen ist die beste Medizin.

CILLI Er selbst scheint nicht mehr viel davon zu merken.

KUNTZ Wir können sofort anfangen.

HINTZ Alles ist schon vorbereitet.

KÖNIG Dann tragt sie auf, die Schüsseln und den Käse.

KUNTZ Der Hintz spielt den Genesius, einen Schauspieler, der vor dem Kaiser Diokletian die Christen verspottet, wo dann alles klatscht und lacht, bloß dass dem Schauspieler Genesius auf einmal ganz schummrig wird und ernst, weil er beim Nachäffen des Getauftwerdens auf einmal wirklich getauft werden will und dann eine Bekehrungspredigt an den Kaiser hält …

CILLI Erzählt nicht alles vorher, spielt!

KÖNIG Nach dem Essen!

KUNTZ Ich sag das ja bloß, damit Ihr nicht denkt, wir würden die Christen verspotten.

PAPST Sonst müssten wir Euch die Köpfe abhacken.

HINTZ Wir sagen es nur, damit Ihr nicht denkt, wir meinen das …

KÖNIG Wir wissen, was Theater ist und was die Wirklichkeit.

KUNTZ Aber wenn da so eine Wirklichkeit ins Theater einbricht …

KÖNIG Wir wissen, was Theater ist.

HINTZ Das hat der Genesius auch gedacht, als er bloß ein Schauspieler war und plötzlich der Heilige Geist in ihn hineingefahren ist.

CILLI Der ist auch in Schweine hinein gefahren.

BERTA Das war der Teufel.

PAPST Was will denn so eine wie du von der Heiligen Schrift verstehen!?

BERTA Es war der Teufel. In Meersburg hat er gelacht.

zeigt auf Cilli

Die da war auch dabei, die hat den Teufel gekitzelt, bis er gelacht hat.

Und dann hat's ein Seebeben gegeben.

CILLI Und aus welchem Stück ist das?

MARTHA *zu Berta*

Sei du jetzt still!

HINTZ Wir fangen an.

MARTHA Jetzt wird zuerst einmal der Braten aufgetragen.

Ich danke Euch, es ist uns eine Freude.

BERTA Es war der Teufel.

CILLI Jetzt fangt schon an!

KUNTZ *zu Hintz*
Jetzt fang schon an!
Ich bin der Tyrann und sitz im Publikum.

HINTZ Dann setz dich hin.

Kuntz setzt sich zu den Herrschaften an den Tisch

KUNTZ He, Genesius, du berühmter Gaukler, mach uns mal so einen Christen, so einen echten, erbärmlichen Jammerlappen, so einen Christenkriecher, der bucklig zum Himmel hinauf schielt, so einen winselnden Weihwasserpinkler, so einen …

KÖNIG Es reicht!

KUNTZ Steht alles im Stück!

CILLI Dann spielt es endlich!

HINTZ Lasst mich jetzt reden!

KUNTZ Du bist schon lange dran!

HINTZ Ich sage jetzt: …

KUNTZ Du sollst nicht sagen, dass du etwas sagst, sag's einfach, ohne dass du sagen sagst.

HINTZ Bring mich nicht draus, nicht gleich am Anfang.

KUNTZ Sag es!

KÖNIG Lasst das doch, um Himmels Willen, lieber richtige Schauspieler spielen!

KUNTZ Sag es!!

HINTZ … jetzt bin ich draußen …

KUNTZ Sag: Ihr Lieben, mir ist so …

HINTZ Ihr Lieben, mir ist so …

KUNTZ … ist so schwer …

FRIEDEL Rischtische Schauspieler, die schbrechen kennen!

HINTZ Ihr Lieben, mir ist so schwer, ich will so sehr, dass mir leichter wird.

FRIEDEL Rischtische Schauspieler!

KUNTZ Gut!

HINTZ Jetzt unterbrich mich nicht.
Ich sag's nochmal:
Ihr Lieben, mir ist so schwer,
ich will so sehr, dass mir leichter wird.

KUNTZ *fordert alle Anwesenden, außer den Gästen, gestisch auf, im Chor mitzusprechen:*
Wie sollen wir dich leichter machen,
wenn du so schwer bist?
Sind wir vielleicht Zimmerleute
und sollen dich unter den Hobel legen?
Stille
Vor tausend Jahren haben die Leute an dieser Stelle hier wahnsinnig gelacht.

HINTZ Ich will als Christ sterben!

KUNTZ Hört, hört! Er will als Christ sterben!
Er will jetzt einem andern Herren dienen.
Gefällt es dir nicht mehr bei uns?
Sind wir hier nicht mehr gut genug?
Gefällt es dir nicht mehr auf dieser Welt?

HINTZ Ich will als Christ sterben!

KUNTZ Warum?

HINTZ Damit ich in den Himmel komm.

KUNTZ *lacht*

Den Himmel! Habt Ihr gehört?
Er will in den Himmel, das Würmchen!
Und wer bin ich? Weißt du es nicht?

HINTZ Du bist, ich weiß es wohl,
der Kaiser von Rom, doch ich –
ich diene einem größern Herrn,
dem größten, den es gibt.

KUNTZ Werft ihn den Löwen vor!

HINTZ Ich gehe gerne in den Tod,
nur lasst mich vorher die Taufe empfangen.

KUNTZ Selma, du musst jetzt den Priester spielen.

Selma geht auf Hintz zu und schlägt das Kreuz

SELMA Du hast nach mir gerufen, mein Sohn, wonach verlangt es Dich?

HINTZ Ich will in den Himmel kommen und alle meine Sünden beichten.

SELMA Dann müssen wir dich vorher taufen.

HINTZ Dann macht es schnell, bevor ich sterben muss!

Selma holt einen Kübel mit Wasser und schüttet ihn über Hintz

Stille

KUNTZ Vor tausend Jahren haben sie hier auch wahnsinnig gelacht.

HINTZ Wie ist mir doch?

SELMA Willst du noch mehr, mein Sohn?

HINTZ Mir ist, als …

SELMA Ist Euch jetzt leichter?

HINTZ Halt, stopp, Moment.
Können wir jetzt mal kurz unterbrechen?

KUNTZ Was?

HINTZ Seid leise. Das ist jetzt kein Spiel mehr. Entschuldigt mal …

Hintz fängt an sich auszuziehen

KUNTZ Was machst du da?

HINTZ Es tut mir leid, Leute, ich kann da nicht einfach so weitermachen.

KUNTZ Hintz?

HINTZ Ich bin nicht Hintz. Tut mir leid … wir können hier doch nicht … ich meine … ein Stück spielen wie vor tausend Jahren, Historienschmiere, mittelalterlicher Schmonzes, Katholenkabarett, Bollywood am Bodensee, Salzburg für Arme …

KUNTZ Aber dafür musst du dich doch nicht gleich ausziehen.

HINTZ Sei still, ich bin jetzt nicht mehr …, ich bin jetzt …

KUNTZ Das steht nicht im Stück.

HINTZ Im Stück!? Was heißt da schon im Stück?

KUNTZ Es steht nicht im Stück!

HINTZ Steht nicht im Stück!? Wie sich das anhört! Mir ist was passiert, verdammt nochmal. Und du sagst: Es steht nicht im Stück. Ich könnte tot sein, und du sagst: Es steht nicht im Stück. Mit mir ist was passiert, und das ist passiert, und es ist mir scheißegal, ob das im Stück steht oder nicht. Genesius ist auch nicht im Stück geblieben.

KUNTZ Du spielst hier aber den Genesius, wie er aus dem Stück gefallen ist.

HINTZ Verstehst du, mir ist echt was passiert. Ich meine, mit mir ist was passiert. So wie dem Genesius auch, bloß anders. Verstehst du? Ich kann jetzt nicht einfach so weitermachen, als sei nichts passiert. Zum ersten Mal merke ich, wie ich hier wirklich stehe. Ich meine, verstehst du? Der Genesius, der konnte auch nicht einfach so weitermachen, als der Heilige Geist in ihn gefahren ist, und so kann auch ich nicht mehr weitermachen …

KUNTZ Werd nicht größenwahnsinnig, Hintz! Du bist der Hintz, der hier im Wirtshaus sitzt und den Genesius spielt. Und jetzt weiter! Und ausgezogen hat der Genesius sich auch nicht …

KÖNIG Wir danken Euch, es war sehr schön, erbaulich, eindringlich und …

HINTZ … man kann doch über so einen Bruch

nicht einfach hinwegspielen, über so einen Blitz, so eine totale Unterbrechung, wo alles sich mit einem Schlag …

KUNTZ Das ist doch alles vorgeschrieben.

HINTZ Aber so einen Bruch, den kann man doch nicht vorschreiben, das ist doch Abkehr, Umkehr, Einkehr … mit mir ist was passiert …

KÖNIG Wir danken Euch!

HINTZ … das kann man nicht vorschreiben, sonst wär es ja nicht passiert, in keinem Stück der Welt steht geschrieben, was mit mir gerade passiert ist …

KUNTZ Aber das alles ist doch vorgeschrieben!

HINTZ Wie kann man denn etwas vorschreiben, was keiner sagen kann, was es ist, weil's nur mir passiert ist und außer mir keinem sonst.

TRINKER Was ist dir denn passiert, Hintz?

HINTZ Ich bin nicht mehr der Hintz.

KUNTZ Red keinen Scheiß!

KÖNIG Wir danken Euch!

HINTZ Ich kann's nicht sagen, da gibt's kein Wort dafür, mich überkommt's, da schwappt was in mir über, da hält sich nichts an nichts mehr, mich überläuft's, mit was, das weiß ich nicht, ich spür's, nichts hält sich mehr an mich, ich steh jetzt hier und kann nicht anders, wenn da was vorgeschrieben wär, das könnt ein Irrer nicht mal spielen, drum spiel ich nicht, nicht mehr …, so einen Bruch kann kein Mensch spielen …

KUNTZ Wenn du jetzt nicht gleich aufhörst mit deinem Bruch, dann bricht hier gleich wirklich alles zusammen.

HINTZ Man hat mir freie Rede versprochen.

KUNTZ O Gott, hör auf …

HINTZ Nur *Ihr* dürft deuten?
Nur *Ihr* uns sagen, was wahr ist an der Schrift?
Was dies bedeutet, jenes nicht.

KUNTZ Du bringst uns alle um, Hintz, das ist der Hus.

HINTZ Mir scheint, Ihr habt ein bisschen Angst, obwohl wir doch bloß Bauern sind?
Bauern aus Böhmen.
Wir haben nicht das Geld,
uns Eure Deutungshoheit zu erkaufen.
Ihr macht die Wahrheit, wie es Euch gefällt.

PAPST Passt auf, was Ihr hier sagt.

KÖNIG Wenn Ihr so weitermacht, dann hat das Folgen.
Denkt an die armen Bubenköpfe, die das Stadttor schmücken.

PAPST Das geht ganz schnell, und eh Ihr Euch's verseht, liegt Euch der eigne Schädel vor den Füßen …

KUNTZ Das ist mein Text! Das sagt der Tyrann!

KÖNIG … oder brennt im Abendlicht am Promenadenufer in Steckborn drüben.

KUNTZ Ruhe! Jetzt spricht der Tyrann, der Kaiser von Rom!

KÖNIG Dich meinen wir nicht weniger!

CILLI Ich warte immer noch auf das Gedicht,
bei dem sich Picknick auf Fickmich reimt.

MARTHA Wie schön, es ist uns eine Freude, wir danken Euch.
Jetzt ist der Braten dran.

KUNTZ Schlagt ihn tot, den Christenhund, werft ihn den Löwen vor!

TRINKER Hus, Hus, Hurra!

Der König steht auf

KÖNIG Bevor wir hier gleich alle noch zu Narren werden, möcht ich im Namen dieses kühlen Weins, der hier rundum an Uferhängen wächst, noch einmal sagen:
Ungeheuer ist viel, aber nichts ungeheurer als der Mensch.

FRIEDEL Ich wollt auch mal sagen,
dass es mir hier ungeheuer gefällt,
weil's hier ungeheuer schön ist,
und das ist doch auch ungeheuer,
dass wir alle hier so zusammen …,
auf welcher Welt wär denn das so sonst möglich,
das möchte ich mal wissen, Herrgottzack ..

KÖNIG Ja, es ist die beste aller möglichen Welten.

CILLI Wo würde man das alles sonst ertragen!?

TRINKER In Konstanz nur! Hus, Hus, Hurra!

PAPST Ich will beim Essen diesen Namen nie mehr hören!

MARTHA Wie schön, es ist uns eine Freude, wir danken Euch.

Wenn Sie, Ihr, Euch dann mit dem Braten fertig sind und seid, hätt ich noch ein paar kleine Bitten vorzubringen, ein gottgefälliges Gesuch, ein kleiner Katalog an Üblichkeiten, nur wenige und kaum der Rede wert, so wie es Ihnen, Euch gefallen mag, als Ausgleich, Abschluss, Höhepunkt, verdientermaßen sozusagen und auch als Dank für das, was Konstanz hier und dieses Wirtshaus der ganzen Welt zu bieten und zum Besten …, Ihr versteht, ich rede nicht für mich, ich rede gleichsam größer, allgemein, ganz generell und mach es bündig, kurz und knapp, so schnell es geht, damit der Braten …, hier nun der kleine Katalog an demütigen Petitionen.

Erstens: Alle Sünden, die man noch begehen will, sollen für alle Konstanzer im Voraus schon beglichen sein, für immer.

Zweitens: Alle Konstanzer kommen in den Himmel, das heißt ausnahmslos.

Drittens: Alle, die in der Woche, wenn Martha

Haefelin Geburtstag hat, nach Konstanz kommen, sollen einen absoluten Ablass kriegen.
Viertens: Kein Gericht der Welt darf über Konstanzer urteilen, nur der Konstanzer über den Konstanzer.
Fünftens: Die Konstanzer machen sich nie schuldig, nirgendwo auf der Welt.
Sechstens: Der Konstanzer Jahrmarkt soll ein ganzes Jahr dauern, unter Martha Haefelins Schirmherrschaft.
Siebtens: Martha Haefelins Flotte soll Seerecht haben auf allen Weltmeeren und darüberhinaus.
Achtens: Alle Schulden sind in Konstanz getilgt, für immer.
Neuntens: Martha Haefelin verfügt künftig über Trompeter und kann aufblasen lassen, wann und wo immer sie will.
Zehntens: Der Bodensee wird zum Meer.

KÖNIG Sehr gerne, die Trompeter dürft Ihr alle haben. Guten Appetit.

SELMA Und wer bezahlt die?

MARTHA Elftens: Konstanz soll umbenannt werden in Martha-Haefelin-Stadt.

Nächtliches Intermezzo

Tribüne im Halbdunkel
Sigismund, England, Deutschland
Alle betrunken

ENGLAND Löst sich jedschd alles auf?
DEUTSCHLAND Dasch war'sch, jetzt ischd er weg.
SIGISMUND Wieder neigt schisch ein groscher Tag dem Ende …
ENGLAND Jetschd ischd er weg?
SIGISMUND … so voll von Wichtischkeiten, als wär er …
DEUTSCHLAND Der kommt nischt mehr.
ENGLAND Für immer weg?
SIGISMUND … damit wir noch ganzsch viele scholcher Tage haben, meine Herren …, scho voll von Wichtischkeiten …
ENGLAND Gut Nacht, schagt England.
DEUTSCHLAND Der Papschd ischd weg
ENGLAND Gut Nascht
DEUTSCHLAND Der Papschd
SIGISMUND Wasch schagst du da?
ENGLAND Isch schag, gut Nascht.
DEUTSCHLAND Ischt weg!
SIGISMUND Wer?
DEUTSCHLAND Der Papschd

SIGISMUND Ischd weg?

DEUTSCHLAND Ischd weg, der Papschd.

SIGISMUND Der Papschd?

ENGLAND Ischd abgehauen.

SIGISMUND Abgehauen?

ENGLAND Gut Nascht

DEUTSCHLAND Ischd abgehauen mit dem Friedl ohne Schniedl

SIGISMUND Der Papschd?

DEUTSCHLAND: Gut Nascht.

10. Szene

Tribüne
Sigismund, Cilli
Beide liegen nackt unter einem Laken im Morgengrauen

SIGISMUND Bleib doch noch, warum willst du schon gehen?
CILLI Ich muss zurück.
SIGISMUND So mitten in der Nacht?
CILLI Heim nach Ungarn.
SIGISMUND Mitten in der Nacht?
CILLI Die Ländereien, die Wälder, die Steuern,
die Klöster, die Aufständischen …
SIGISMUND Mitten in der Nacht?
CILLI Ehekriege, Erbschaftskrimis,
wohin man schaut: verzankte Sippen,
hier ein Getümmel, dort ein Scharmützel,
die Donau läuft über, schwemmt ganze Dörfer weg, man muss die Sümpfe trockenlegen.
SIGISMUND Mitten in der Nacht?
CILLI Alles verwahrlost, verrottet, wenn ich nicht da bin.
SIGISMUND Dann lass mich nicht allein.
CILLI Die Polen fahren umsonst über unsere Pflaster,

die Böhmen zahlen keine Brückenzölle,
die Schwaben verweigern seit Monaten die Hafensteuer …

SIGISMUND Das hat doch Zeit bis morgen.

CILLI Heut ist morgen, morgen ist heut.

SIGISMUND Es ist die Eule, nicht die Möwe schreit.

CILLI Ob Möwe, Eule, Nachtigall,
ich muss nach Ungarn heim,
ich bin schon viel zu lange weg gewesen.

SIGISMUND Mir kommt es vor, als seist du eben erst gekommen.

CILLI Die Zeit vergeht, ob ich da bin oder nicht.

SIGISMUND Ohne dich vergeht die Zeit, wie Zeit vergeht, aber mit dir, Cilli, da verrinnt sie, verrinnt wie Sand.

CILLI Und mit ihr mein Vermögen.

SIGISMUND Was ist schon Mein, was ist schon Dein?

CILLI Es eilt, es war sehr angenehm, so ohne dich und doch ganz nah am andern Ufer.
Ich gehe reicher heim als ich gekommen bin,
du glaubst es nicht, mein lieber Siggi,
was ich in meinen Taschen habe, das ist die Zukunft, nur so viel:
Bald wird man Kriege anders führen, mehr sag ich nicht.

SIGISMUND Das ist auch besser so, sonst müsste ich dich köpfen lassen.

CILLI Picknick in Überlingen, unvergessen!
Der Feuersturm in Meersburg, sagenhaft!
Der Nebel, Rauch, die Pulverschwaden
und Kanonendämpfe,
du wirst es schon noch sehen, Siggi,
du wirst mir eines Tages dankbar sein,
die Sudelküche zahlt sich aus,
spott nur, mein lieber Mann.
Bald wird man mit Geschossen
durch die Lüfte flitzen,
und das ist längst nicht alles!

SIGISMUND Sei leise, wenn dich einer hört …

CILLI Das Licht ist nie so schön,
als wenn es rätselhaft im Dunkeln glimmt
und Farben aus sich sprüht,
die nie an einem klaren Tag so pur …

SIGISMUND Du tust dir keinen Gefallen, wenn ich dich ausreden lasse.

CILLI Lässt du mich sonst verbrennen, wie Du es mit dem Böhmen gemacht hast?

SIGISMUND Als sei das ich gewesen!?

CILLI Du hast es nicht verhindert, ihn aber vorher eingeladen, als freien Mann, der, wann er will, auch wieder gehen kann.

SIGISMUND Muss man sich mitten in der Nacht

vom eigenen Weib den Prozess machen lassen?

CILLI Wer so stirbt, der lebt weiter, das sag ich dir.

SIGISMUND Ich denk, du musst nach Ungarn heim.

CILLI Ihn wird man ab jetzt kennen, dafür hast du gesorgt.

SIGISMUND Sei froh, solange keiner weiß, wie du den lieben, langen Tag mit Gischt und Schaum und Teufelsgeistern unsern Herrgott provozierst.

CILLI Es gibt, mein lieber Mann, so viele Dinge, die man nicht sieht und die es trotzdem gibt.

SIGISMUND Mir reicht vollkommen, was ich sehe, gute Nacht.

CILLI Was sieht man schon?
Die Triebe, die Gedanken?
Du wärst ein armer Hund,
wenn es bloß gäbe, was du siehst.

SIGISMUND Seh ich dich nicht, so seh ich dich nicht, so einfach ist's.

CILLI Aus den Augen, aus dem Sinn.

SIGISMUND Wer zuletzt lacht …

CILLI Winter ade, Scheiden tut weh.

SIGISMUND Außen hui, innen …

CILLI Vor dem Hochmut kommt der …

SIGISMUND Tu nie, was du nicht willst, dass andre dir …

CILLI Von nichts kommt nichts. Das müsstest du am allerbesten wissen.

SIGISMUND Es war die Eule, nicht die Möwe.

CILLI Es ist schon Tag.

SIGISMUND Dann lass mir wenigstens ein bisschen Geld, zehntausend Gulden oder Golddukaten.

CILLI Was ist mit deinen heiligen Fäkalien? Läuft das Geschäft inzwischen schlecht?

SIGISMUND Nur ein paar Tausend. Es ist von allem hier noch nichts bezahlt.

CILLI Du hast doch deinen Papst!

SIGISMUND Der hat sich aus dem Staub gemacht.

CILLI Wo Not ist, wächst das Rettende …
Du kennst den Satz. Adies!

11. Szene

Wirtshaus
Hintz, Kuntz, Martha, Berta, Selma, Trinker, Fremder

HINTZ Das werd ich nie vergessen.

MARTHA Hab die ganze Nacht nicht schlafen können.

SELMA Ich wusst's.

HINTZ Ich werd das nie vergessen.

MARTHA *zu Selma*
Du holst jetzt einen Schnaps.

TRINKER Jetzt kannst du dich auch einmal hinsetzen, Martha.
Jetzt ist's vorbei.
Und draußen warten sieben Trompeter.

MARTHA *zu Selma*
Hol einen Schnaps!

HINTZ Ich brauch auch einen.

TRINKER Zahlt alles der Papst.
Es ist ein Kirchenfest.

KUNTZ Rom hat gesprochen!

TRINKER Rom lädt uns alle ein.

SELMA Schmeckt's, Berta? Die Berta wird immer runder vom vielen Gurkenessen und Pflaumenmus, gell Berta.

TRINKER Zahlt alles der Papst.

SELMA Bloß ist der Papst jetzt nicht mehr da.

HINTZ Ich werd das nie vergessen.

TRINKER Die Berta hat einen Hunger, wie ich sonst nur Durst hab.

MARTHA *zu Selma*

Hol einen Schnaps!

TRINKER Da trinken wir einen drauf, und dann lässt du's blasen, Martha!

KUNTZ Zahlt alles der Papst!

TRINKER Jetzt trinken wir auf so eine Vermehrung hier, eine Vermehrung da. Wenn das der Bertus noch erlebt hätt. Das nennt man Expansion. So ein Konzil bringt doch so manches zustand: Sieben Trompeter, Martha, sieben Trompeter! Der Papst ist abgehauen, und ich wär fast Bischof geworden. Da steht man mit dem Heiligen Geist noch mal ganz anders auf Du und Du. Und der Heilige Geist sorgt auch dafür, dass nicht alles bloß beim Geistigen bleibt. Der Geist will ja auch erscheinen.

SELMA Nur, wer zahlt jetzt die Rechnung? Die Tonnen Fleisch, die Fässer Wein, den ganzen …

MARTHA *zu Selma*

Einen Schnaps sollst du holen!

HINTZ Ich brauch auch einen Schnaps.

KUNTZ Zahlt alles der Papst.

SELMA Rom hat gesprochen, Rom bezahlt.
Nur ist Rom auf einmal nicht mehr da.
Rom hat sich aus dem Staub gemacht.

TRINKER Für so eine Erscheinung braucht's halt auch etwas, das man sieht.
Wenn man nichts sieht, ist auch nichts da.
Aber bei dir, Berta, sieht man, wie's mehr wird.

SELMA Vielleicht war's ja ein Graf aus Venezien.

MARTHA *zu Selma*
Hol einen Schnaps!

HINTZ Ich brauch auch einen.

TRINKER Jetzt haben wir Durst.

SELMA Nur, wer zahlt jetzt den ganzen Salat?

TRINKER Es gibt Fragen, Selma, die gibt's, und andere, die gibt's auch, und die einen …

MARTHA Hol einen Schnaps!

SELMA Aber wenn's dann mal da ist, Berta, hast du vielleicht eine Verwandtschaft um den ganzen See herum, was sag ich da, in der ganzen Welt, von Böhmen bis Rom nach Ungarn hinab.

MARTHA Kennst dich wohl aus mit deiner öffentlichen Ritze, die du hier jedem hinhältst.

SELMA Die wollt halt auch nicht ewig auf den Grafen von Venezien warten, wenn man so nebenbei was Bessres kriegen kann. Stimmt's, Berta? Jetzt kann die Berta Päpstin werden oder Königin. Sie muss bloß sagen, wer es von den beiden war.

TRINKER Vielleicht ist da ja was im Bauch,
was keinen Vater braucht.
Hat's auch schon mal gegeben.
Die Theologen kennen sich da aus.

MARTHA Jetzt sagst du sofort, wer das gemacht hat.

BERTA War auf einmal da.

SELMA Von nichts kommt nichts.

MARTHA Du musst's wissen.
zu Berta
Trink jetzt den Schnaps und sag's!

BERTA Ich weiß bloß, dass ich nichts weiß.

MARTHA Trink, Berta, trink!

SELMA Das ist doch eine Freude, Berta. Jetzt bist du nie wieder allein.

MARTHA Trinken sollst du.

KUNTZ Wenn sie's nicht weiß, weiß sie's nicht.

SELMA Sowas gibt's.

MARTHA Der wird's schon wieder einfallen, wenn sie mit ein paar Schnäpsen zur Besinnung kommt.

SELMA Am Ende ist's vom Hus.
Sag, war's der Hus?

BERTA Ich war bloß im Wasser.
Bin im Wasser geschwommen.

TRINKER Am Ende ist's vom Bodensee.

BERTA Geschwommen und geschwommen,
bis da kein Ufer mehr war.

Kein Konstanz mehr, keine Berge,
kein Himmel, bloß Wasser und Wasser.
Kein Oben, kein Unten, bloß Wasser.

SELMA Am Ende ist's vom Hus.

KUNTZ Jetzt ist er hin, der Hus.

TRINKER Und wir kommen wieder in den Himmel.

HINTZ Wir braten heute eine Gans, haben sie geschrien.

SELMA Die Berta hat den Bertus ja auch nicht gekannt.

KUNTZ Keiner hat den gekannt.

HINTZ Ich werd das nie vergessen.

MARTHA *zu Berta*
Trink jetzt, los!

HINTZ Am Ende schlurft ein altes Weib, kann kaum noch gehen,
zum lichterlohen Scheiterhaufen hin und hebt am Weg
ein Zweiglein Reisig auf und wankt aufs Feuer zu,
geradewegs zum Hus, der schaut und staunt
und sich wahrscheinlich fragt: Was will die hier?
Helfen kann ihm keiner mehr, die Leute schreien:
Jetzt brennt die Gans! Und sie, mit freundlichem Gesicht,
wirft zitternd ihren Reisigzweig aufs Funkenfeuer hin

und sagt mit welkem Stimmchen:
Auch ich will meinen kleinen Teil hinzutun, dass er brennt.
Die Flammen stehn ihm bis zum Hals und
züngeln ihm in sein Gesicht, er nickt dem Weiblein zu
und stöhnt mit einem Lächeln um den Mund:
O sancta simplicitas, o heilige Einfalt!
Dann stürzt ein Feuerbalken ihm aufs Haupt,
man sieht nichts mehr von ihm, nur Flammen,
doch ist's, als würd von seinem Lächeln etwas bleiben,
als stünd es jetzt noch in der Luft.

KUNTZ Berta, vom Hus musst du dir ein Säckchen Asche holen.
Dann seid ihr reich.

TRINKER An einem Ketzer verdient man nichts.

KUNTZ Und wenn er heiliggesprochen wird?!

TRINKER Dann sind wir tot.

SELMA Die wollen jetzt ihr Geld, die Fischer, Winzer, Bäcker, Bauern.
Die stehen morgen vor der Tür und gehn nicht mehr.
Da kann die Martha denen dann nicht sagen:
Hier habt ihr ein Säckchen Asche vom Hus,
in tausend Jahren hat das einen Riesenwert.

TRINKER Hus, Hus, Hurra.

SELMA Ich möchte jetzt nicht die Martha sein, stimmt's Martha?

Wie soll man da noch schlafen können, auch ohne dass die Berta einen dicken Bauch hat?

Wo die Martha hinschaut: Schulden, Schulden, Schulden!

zeigt auf den Fremden

Der schuldet dir doch auch noch was, stimmt's, Martha?

KUNTZ Dem ist's jetzt egal.

SELMA Vielleicht ist da ja noch was zu holen, Martha.

TRINKER Nimm's dir, Martha, nimm's dir.

KUNTZ Dem ist alles egal.

SELMA *zu Martha*

Am Ende ist's dein Schwiegersohn.

TRINKER Bleibt alles in der Familie, Martha.

SELMA Dann hat die Berta ihren Mann.

MARTHA Ein Mann, der nicht widerspricht, ist nicht das Schlechteste.

TRINKER Da kennt die Martha sich aus.

Martha postiert sich vor dem Fremden auf

SELMA Was Sein ist, ist auch Dein, Martha, nur zu.

KUNTZ Für deine Sünden hat der Franz eh schon bezahlt.

MARTHA Ich bin doch schon im Himmel, auch wenn ich …

TRINKER Nimm's dir!

Martha kramt in den Jackentaschen des Fremden und zieht eine Schriftrolle heraus

Und?

MARTHA Das ist alles.

Sie fängt an zu lesen

Konstanz am Meer. Ein Himmelstheater

TRINKER Konstanz am Meer, was willst du mehr?

MARTHA *Sie überfliegt die Schrift*

Da stehen unsre Namen:

Martha Haefelin, Hintz und Kuntz, Selma, Berta und Trinker.

TRINKER Zeig her.

MARTHA *sie gibt ihm die Schrift nicht, sondern liest weiter*

Martha kramt in den Jackentaschen des Fremden und zieht eine Schriftrolle heraus.

TRINKER Und?

MARTHA Das ist alles: Konstanz am Meer. Ein Himmelstheater.

TRINKER Konstanz am Meer, was willst du mehr?

KUNTZ Das habt Ihr schon einmal gesagt.

MARTHA Das steht hier alles.

TRINKER Und wie geht es weiter?

MARTHA Berta, steht da, Berta erzählt jetzt einen Traum.

BERTA Nein, nein. Das kann keiner sagen.

SELMA Und was steht da über Selma?

BERTA Keiner kann wissen, was ich geträumt hab.
Das kann keiner.

MARTHA Steht hier alles. Das hat der alles schon
gewusst.

HINTZ Was mit mir passiert ist, kann der nicht
gewusst haben.

KUNTZ Was steht über den Kuntz drin?
Kommt der noch ans Meer nach Böhmen?

SELMA Und die Selma, kriegt die ihren Weinberg?

MARTHA Konstanz am Meer, sagt Martha.
Schulden über Schulden…
Aber nach dem Konzil ist vor dem Konzil.
In ein paar Jahren, sagt Martha, dass der König
zu ihr gesagt hat, machen wir wieder ein Konzil.
– Natürlich in Konstanz. –
Wo sonst? – In Konstanz am Meer.
Und das musst du jetzt lesen, Hintz.

Sie übergibt Hintz die Schriftrolle

HINTZ »Packt mich die Unruhe wieder so sehr,
weiß ich nie, wie sehr ich sie begehr.
Es drängt in mir dann so viel nach Mehr
hinaus ins Weite, auf die andere Seite
vom Himmelszelt, wo keiner mich kennt
und ich Heimweh hab nach Konstanz am Meer.«
Nicht schlecht, aber meine sind besser.

KUNTZ Bleibt der Hintz beim Kuntz? Was steht da?

SELMA Was soll denn ein Kuntz sein ohne ein Hintz?

BERTA Allein sein, endlich allein sein.

TRINKER Am Schönsten ist's, wenn's still ist.

MARTHA Wenn keiner einem mehr was sagt und man sich bloß noch selber hört.

TRINKER Sag jetzt lieber nichts, Martha, hör einfach zu.

SELMA Allein sein.

MARTHA Es gibt nichts Schöneres, als wenn es still ist.

TRINKER Sag nichts. Sei einfach ruhig.

BERTA So wie vor der Entstehung der Welt.
Da war's am schönsten. Vor alles angefangen hat.

TRINKER Und wenn alles vorbei ist, ist's wieder wie am Anfang.

MARTHA Sogar noch schöner,
weil man's hinter sich hat
und alles wieder vor einem liegt.

TRINKER Sag jetzt nichts, Martha.
Es ist alles gesagt.

* * *

Nachwort

Weltgeschichtlicher Riesenrummel

Theresia Walser, Karl-Heinz Ott

Man stelle sich vor: Ein Städtchen an einem See, mit weit weniger als zehntausend Einwohnern, das plötzlich vier Jahre lang zum Zentrum der Welt wird. Amerika ist noch nicht entdeckt, Asien unendlich fern und Rom nach wie vor das Zentrum der Welt. Lediglich ein paar französische Störenfriede sorgen seit fast hundert Jahren dafür, dass nicht nur in Rom, sondern auch in Avignon ein Papst residiert, der die Einheit der Kirche gefährdet. Inzwischen gibt es sogar drei Päpste, die alle behaupten, der einzige zu sein. Deshalb soll sich in Konstanz ganz Europa versammeln und mit einem Konzil dafür sorgen, dass es nicht nur mit der Zersplitterung der Kirche, sondern auch mit den ketzerischen Ideen, die aus England und Böhmen herüberschwappen, ein Ende hat. Was, wie man sich leicht vorstellen kann, keine leichte Aufgabe ist, zumal aus dem ganzen alten Abendland Abertausende von Leuten anreisen, die unterschiedlichste Interessen haben.

Von heute auf morgen ist Konstanz überschwemmt, und zwar nicht nur für ein paar Tage oder Wochen, sondern über Jahre hinweg. Das Bodenseestädtchen platzt aus allen Nähten und darf sich als Mittelpunkt der damals bekannten Welt fühlen. Es wimmelt von fahrenden Händlern, Gauklern, Glückssuchern und Glückssucherinnen, Musikanten, Handwerkern und Huren, weltlichen und kirchlichen Potentaten, Bischöfen, Kardinälen, Rittern, Professoren, Diplomaten, Übersetzern und Sekretären. Der Chronist Ulrich von Richental spricht von 70 000 Besuchern, was hieße, dass in dem damals viel kleineren Konstanz fast ebenso viele Leute einquartiert waren, wie heute dort wohnen. Nicht nur die Wirtshäuser und Herbergen sind überfüllt, die Stadt ist regelrecht verstopft. Hinzu kommt, dass man sich zu gewissen Zeiten wie eingesperrt fühlt, da die Stadttore bestens bewacht werden, um jene Herrschaften an der Flucht zu hindern, die der Ketzerei bezichtigt oder ihres päpstlichen Postens enthoben werden sollen. Viele Einheimische und Zugereiste wissen damals allerdings gar nicht genau, worum es bei diesem Riesenrummel eigentlich geht.

Von den drei rivalisierenden Päpsten residiert Benedikt XIII. auf einer spanischen Halbinsel und weigert sich, nach Konstanz zu kommen, während der bereits 80jährige, nahezu mittel- und machtlose Gregor XII., der in Venedig sitzt, bald freiwillig abdanken wird. Als Einziger macht sich der aus Neapel stammende Johannes XXIII. auf den Weg an den See. Auf dem Arlbergpass bricht unter ihm die Kutsche zusammen, was im Nachhinein wie ein Omen erscheint. Schon nach wenigen Monaten flieht er, als Knecht verkleidet, mit seinem Helfer Friedel von Tirol bei Nacht und Nebel aus der Stadt, nachdem ihm klar geworden ist, dass das Konzil ihn als Papst absetzen wird.

Erst ein paar Jahre vor dem Konzil wurde er innerhalb weniger Stunden zum Priester geweiht, zum Bischof ernannt und auch sogleich zum Papst gekrönt. Vom religiösen Geschäft versteht er so gut wie nichts. Man sagt ihm nach, er sei Pirat gewesen und habe sich jede Frau genommen, Inzest, Mord und Sodomie inbegriffen. Im Grunde gibt es nichts, was ihm nicht vorgeworfen wird. Nach seiner Flucht irrt er zwischen Schaffhausen und Freiburg umher, bis er gefasst und im Heidelberger Schloss festgesetzt wird. Sein Kumpan, der als Friedel mit dem leeren Beutel verspottet wird, kehrt reumütig nach Konstanz zurück und wirft sich König Sigismund in grotesker Weise zu Füßen, aus purer Angst, seine Besitztümer in Tirol zu verlieren.

Ganz anders als heute zieht man damals zwischen kirchlicher und weltlicher Macht keine klaren Grenzen. Beide Sphären sind unauflöslich miteinander verwoben, zumal das Christentum das allgemeine geistige Firmament bildet und als weltanschaulicher Kitt die vielfach miteinander Krieg führenden, in sich zerrissenen Länder und Nationen vereint. Es kann einem ganz wirr im Kopf werden, wenn man sich die zahllosen Rivalitäten und Abhängigkeiten vor Augen zu führen versucht, in die damals so gut wie alle verstrickt sind und die sich unentwegt ändern. Es findet ein permanentes Jonglieren, Drohen, Kriegführen, Schachern und Verhandeln statt. Dazu gehören auch jene höfischen Verheiratungen, die nichts mit Liebe, sondern mit machtpolitischen Schachzügen zu tun haben, ganz zu schweigen von jener Vetternwirtschaft, die an der Spitze der Kirche herrscht, wo es selten um religiöse Belange geht, sondern darum, die Herrschaft in der Familie zu halten und den Vetter oder Neffen auf den Papstthron zu setzen.

König Sigismund besitzt in diesem Wirrwarr ein erstaunlich schlitzohriges, diplomatisches Talent, sich an allen Ecken und Enden unabdingbar zu machen. Obwohl er sein Lebtag lang überall Schulden macht, gelingt es ihm, die Dinge immer wieder zu seinen Gunsten zu wenden. Als rastloser

Organisator und wuseliger Vermittler mischt er sich überall, wo es brennt und etwas zu holen gibt, ein. Heute würde man sagen, er war ein allgegenwärtiger Moderator, Mediator und Kommunikator, der mit dem Ehrgeiz, Kaiser zu werden, zum Vordenker eines geeinten Europas wurde.

Was die Kirche angeht, so soll es in Konstanz vor allem um eine Reform ihrer Herrschaftsstrukturen gehen. An der Pariser Sorbonne lehren damals mit Jean Gerson und Pierre d'Ailly zwei berühmte Professoren, die verhindern wollen, dass es erneut zu einem so gewaltigen Schisma kommt, wie es im Jahre 1054 schon einmal der Fall war, als sich die orthodoxe Ostkirche von der römisch-katholischen abgespaltet hatte. Die beiden Gelehrten plädieren dafür, dass der Papst von nun an nur noch der höchste Repräsentant der Kirche sein soll und nicht mehr deren Regent. Sie wollen, dass eine Spur von Demokratie Einzug hält und nicht mehr ein Einzelner von oben herab bestimmt, was als das Wahre und Richtige zu gelten hat. Konstanz soll den Auftakt für regelmäßige Konzilstreffen bilden und ein Beispiel dafür abgeben, wie man ab jetzt gemeinsam Entscheidungen trifft. Der Papst würde damit bloß noch als eine Art kirchlicher Bundespräsident fungieren, der sich wie jeder andere auch an die konziliaren Beschlüsse zu halten hat. Obwohl Gerson und d'Ailly der Diskussion den Vorrang über hierarchische Verordnungen zu geben scheinen, verhalten sie sich dem als Ketzer gebrandmarkten Jan Hus gegenüber gnadenlos. Wer von der offiziellen Lehre so weit wie er abweicht, muss in ihren Augen bestraft werden, und sei es mit dem Tod.

Als König Sigismund zum Auftakt des Konzils an Heiligabend spätnachts in Konstanz eintrifft, ist Hus bereits gefangen genommen, obwohl der König ihm freies Geleit versprochen hat. Während Hus in der Zuversicht nach Konstanz gekommen ist, dort seine Thesen erläutern zu können, scheinen ihm die meisten Konzilsteilnehmer von vornherein den Prozess machen zu wollen. Sigismund steht anfangs durchaus zu seinem Wort und will Hus eine Chance geben, angesichts der aufgeladenen Stimmung aber auch nicht seine Autorität aufs Spiel setzen. Schließlich missbraucht man Hus als gemeinsamen Feind, der die zerstrittene Konzilsgesellschaft wenigstens ein bisschen eint. Man lässt ihn als Ketzer verbrennen.

Zuweilen wird behauptet, im Jahre 1492 beginne mit der Entdeckung Amerikas die Neuzeit. Andere verweisen auf das Jahr 1517, in dem Luther am Portal der Wittenberger Schlosskirche seine 95 Thesen anschlägt. Zeitliche Umbrüche lassen sich natürlich nicht an Jahreszahlen festnageln. Was wie eine Zäsur aussieht, besitzt stets einen Vorlauf, in dem sich Dinge zusammenbrauen, die nicht nur unterschwellig rumoren, sondern an diversen Ereignissen sichtbar werden. Sowenig die Französische Revolution wie ein Blitz aus heiterem Himmel einschlug, sowenig überrascht es, dass sich hundert Jahre nach dem Konstanzer Konzil an allerlei Orten zwischen Genf und Wittenberg eine radikale Kritik an der katholischen Lehre Bahn bricht und es schließlich zur Kirchenspaltung kommt. Vieles von dem, was Luther, Calvin und Zwingli gegen den römischen Machtapparat vorbringen, formulieren Jan Hus und vor ihm schon der Engländer John Wyclif bereits über hundert Jahre zuvor. Auch sie lehnen die immer bizarrer werdende Reliquien- und Heiligenverehrung mitsamt dem dazugehörigen Devotionalienhandel und Ablasswesen sowie die gesamte Kirchenhierarchie ab und predigen ein Priestertum, das keine Privilegien mehr kennt und lediglich der biblischen Lehre, aber keinen kirchlichen Dogmen verpflichtet ist.

Wir wollen mit unserem Stück keinen Geschichtsunterricht bieten. Man würde damit schnell in einem erbaulichen, leblosen Belehrungstheater versacken. In unserem Konzilstheater spielt sich fast alles im Wirtshaus der Martha Haefelin ab, also an einem Ort, wo Hintz und Kuntz und die ganze Welt ein und aus gehen. Dabei treten auch historische Gestalten wie König Sigismund, seine Frau Cilli, Papst Johannes XXIII. und dessen Tiroler Kumpan Friedel ohne Beutel auf. Indem das Wirtshausvolk in verschiedene Rollen schlüpft und mal den Prozess gegen Hus nachspielt, mal ein christliches Märtyrerstück über den Heiligen Genesius probt, verdaut es auf seine Weise die Konzilsgeschichten. Dabei haben wir uns auch Geschichten aus der Bodenseeregion erzählen lassen. So liegen in der Kapelle auf dem Schiener Berg tatsächlich die Gebeine jenes Heiligen Genesius, der als Schutzpatron der Schauspieler verehrt wird. Der Legende zufolge hat er bei seinen Auftritten in Rom zum Gefallen des Kaisers immer wieder die Christen verspottet, bis er eines Tages bei der Parodie einer Taufe mitten im Spiel ein Erweckungserlebnis gehabt haben und sich zum Entsetzen des Publikums zum Christen bekehrt haben soll.

In Martha Haefelins Wirtshaus wirbeln die Welten durcheinander: Die hohen Herrschaften treffen auf kleine Leute, Mägde auf Päpste, Könige auf Säufer. Es ist durchaus vorstellbar, dass es eine solche Martha Haefelin, Witwe und Wirtin, damals gegeben hat. Als ihr Heimatstädtchen gleichsam über Nacht zur brodelnden Metropole wird, versucht sie wie so manch andere Frau auch, ihr Glück zu machen und aus dem weltgeschichtlichen Jahrmarkt und religiösen Rummelplatz Kapital zu schlagen. Immerhin berichtet man von der Zimmerwirtin Ida Pfister, die ebenfalls Witwe war und Jan Hus beherbergt hat, sie habe nach dem Tod ihres Mannes durch Häuserkäufe ein Vermögen gemacht. Heute würde man sagen, sie war eine Immobilienspekulantin. Viele Frauen boten damals nicht nur als Hübschlerinnen, sondern auch als Händlerinnen, Taxiererinnen und Quartiersgeberinnen ihre Dienste an. Frauen aus dem Hinterland rollten mit fahrbaren Backöfen in die Stadt oder schleppten Stroh für die Pferde herbei, kochten für die feinen Leute und wuschen ihnen die Kleider.

König Sigismund soll ein mächtiger Esser und Trinker gewesen sein, und von einer gewissen Anca Yteleglin, einer Weinhändlerin in Konstanz, wird überliefert, sie sei auf den Weinschulden des Königs sitzen geblieben. Aus Witwen und Strohwitwen wurden Geschäftsfrauen, die ohne ihre Männer bestens zurande kamen und es nicht selten zu Wohlstand brachten. Cilli, die Ehefrau von König Sigismund, war mit Sicherheit die geschicktere Wirtschafterin von beiden, zumal der König bei seinem unermüdlichen Umherreisen und üppigen

Lebenswandel unter chronischem Geldmangel litt. Zu Hause in Ungarn führte sie die Geschäfte und kümmerte sich um Ländereien und politische Querelen. In den meisten Überlieferungen kommt sie nicht besonders gut weg. Das eine Mal wird sie als raffgieriges, maßloses Weib hingestellt, die mehrere Liebhaber zugleich gehabt haben soll, das andre Mal als halbe Hexe beschimpft, die in ihrem Schlosskeller alchimistisch herumgedoktert hat.

Angestachelt und aufgereizt von der brodelnden Konzilsstimmung am See, träumen sich in diesem Stück alle Figuren auf ihre Weise über ihr Leben hinaus und verwickeln und verstricken sich dabei in Geschichten, die sie maßlos beflügeln. Bis hin zum jubelnden Befehl: Konstanz am Meer!

Umschlaggestaltung: Christiane Hemmerich
Konzeption und Gestaltung, Tübingen.
Herstellung: Horst Schmid, Mössingen.
Satz: Alexander Frank, Ammerbuch.
Gesetzt aus der Adobe Caslon Pro.
Druck und Einband: Pustet, Regensburg.

Mehr über das Verlagsprogramm von Klöpfer & Meyer
finden Sie unter: *www.kloepfer-meyer.de*

ISBN 978-3-86351-506-5

9 783863 515065

Umschlaggestaltung: Christiane Hemmerich
Konzeption und Gestaltung, Tübingen.
Herstellung: Horst Schmid, Mössingen.
Satz: Alexander Frank, Ammerbuch.
Gesetzt aus der Adobe Caslon Pro.
Druck und Einband: Pustet, Regensburg.

Mehr über das Verlagsprogramm von Klöpfer & Meyer
finden Sie unter: *www.kloepfer-meyer.de*

ISBN 978-3-86351-506-5